藏書

珍藏版

三十六計

于云文 主编

李金龙 编

贰

辽海出版社

赖文光捻军神出鬼没

清同治三年（公元1864年），太平天国都城天京（今南京）告急，扶王陈得才、遵王赖文光率西北太平军并会合捻军东下救援。清廷急令平捻钦差大臣僧格林沁率蒙古骑兵及鄂豫皖军至鄂东拦截。

正当两军于鄂东激战之时，天京陷落，太平军与捻军一时乱了阵脚，主帅陈得才自杀殉职。遵王赖文光率残部突出重围，隐蔽于鄂豫边界山林之中。

太平军与捻军公推赖文光为统帅。赖文光临危受命，毅然负起领导重任，将溃败的太平军与捻军合编一起，增加骑兵，减少步兵，认真教育训练，迅速恢复了军力，誓死保卫天国。

整编后的捻军，突然挥师向西，直趋襄阳。僧格林沁以为捻军已是残兵败将，拒绝湘淮军协助，独自追剿，揽功邀赏。谁知在襄阳、邓州两战两败。清军还在溃退之际，捻军又疾速北上，取道南阳府（今河南南阳），到达河南鲁山地区。僧格林沁以为捻军要北攻洛阳，急忙率军堵截。当清军进至汝州（今河南临汝），又得知捻军去了嵩县；待清军赶至嵩县，又听说捻军折回了鲁山。清军疲于奔命，怨声载道。但僧格林沁邀功心切，又赶至鲁山。捻军渡过溃水，清军渡河追击。当清军渡河上岸之际，忽见捻军骑兵连天接地，红色头巾如同海潮一般，排山倒海而来，清军掉头就跑，争先恐后，不是刀下毙命，便是水中淹死。僧格林沁突围逃脱。

鲁山大胜后，捻军能胜则战，不能胜则走。僧格林沁虽疲惫不堪，仍仗着人多势众，穷追不舍，一定要赶尽杀绝。捻军拖着清军，由河南而山东，行程几千里。清军不少人倒毙路旁，僧格林沁自己连缰绳都举不起来了。这时，神出鬼没的捻军已于高楼寨（今菏泽市北）布下天罗地网，等待清军到来。僧格林沁以为捻军前有黄河，后有追军，已经进入死地。正在僧格林沁得意之际，忽听一声炮响，号角齐鸣，几十里黄河堰上，柳林之中，捻军如黄河决堤滚滚而出，首先夹击西路清军，然后再歼东路清军，僧格林沁落荒而逃，至吴家店，被捻军乱刀砍死于麦垄之中。就这样，一支屠杀人民的清廷王牌铁骑军，被赖文光率领的“动于九天之上”的捻军全部歼灭。

林则徐以守为战

“以守为战”是林则徐在领导查禁鸦片和组织抵抗

英国侵略军的斗争中，所产生的积极抵抗西方资本主义入侵的谋略思想。清道光十八年（公元 1838 年）十一月，清政府任命湖广总督林则徐为钦差大臣，节制广东水师，前往广州查禁鸦片。

林则徐在查禁鸦片的同时，积极加强战备，随时准备抵抗英国侵略者的入侵。他通过对英国海军和清军水师的分析对比，提出了不在远洋与敌接战，而在近海、陆地歼敌，以守为战、以逸待劳的重要谋略思想。

早在 1839 年 8 月，林则徐就指出英国舰队虽然能够在大洋中破浪乘风，耀武扬威，但它的兵船吃水深，一旦进入内河，就会运转不灵，遇到浅水沙滩，更难转动。1840 年 3 月，他在给清廷的奏折中进一步指出：英国舰船惯于在波涛巨浪中行驶，而清军水师则难以在大海中游弋，因此，与其冒险出海作战，造成意外损失，不如以守为战，以逸待劳。为此，他决定重兵固守虎门、尖沙嘴、官涌等要隘，待敌船驶近以后，清军水陆配合与敌交锋，以己之长、击敌之短。

在这一思想指导下，林则徐首先加强虎门一带海防设施，在虎门要塞的南山与横挡山之间设置木排铁链，防止敌舰长驱直入；密购外国大炮 200 多门，配置在虎门及珠江沿岸各炮台，增强远射火力；与此同时，他还大力整顿水师，强调抓好部队的训练，督促水陆官兵认真操练，切实掌握作战技艺。其次，他还主张正规战与游击战相结合，号召沿海居民组织团练，购买武器、保家自卫；并发布悬赏告示，鼓励群众，人人持刀杀敌。他还将大小火船交给雇用的渔民，每船由士兵一二人带领，先练好火攻战法，然后潜伏在沿海各岛屿之间，等到风顺潮顺的夜晚，一齐出动，出其不意地火攻敌船。另外，他还提出了守险攻瑕、随机应变的方针，主张在切实加强防御的同时，积极寻找敌人的弱点，主动打击敌人。这些，都进一步体现了林则徐积极防御的战略思想。

林则徐能够充分认识到海上敌强我弱的基本事实，具体分析双方的强点与弱点，并据此制定出“以守为战”的积极防御战略方针，特别是他能够依靠群众的力量，实行军民结合，共同打击敌人，更是难能可贵。虽然英国侵略者到达中国不久，他就被撤职，并没有和英国侵略者正式交战，但他所提出的抗敌方略，却是在深入研究、认真分析、实事求是的基础上产生的。

坎尼之战的待劳之术

汉尼拔是古代迦太基（其首都在今日突尼斯境内）

的军队统帅，也是世界古代杰出的军事战略家，9 岁即随父从军，26 岁就升跃为全军统帅。他率领迦太基军驰骋于西班牙和意大利，屡次大败罗马军队。在他充满传奇色彩的戎马生涯中，最为辉煌的一页是坎尼之战。

第二次布匿战争（公元前 218 一前 201 年）爆发后，汉尼拔率军取道西班牙，穿越终年积雪的阿尔卑斯山，直抵亚平宁半岛，于前 216 年攻占了阿非乌斯河畔的小城——罗马的重要粮库坎尼。坎尼的失陷使罗马大为惊骇，也最终促使罗马下了决战的决心。当时，罗马已集结了 8 万步兵和 6000 骑兵的强大兵力，而汉尼拔只有 4 万步兵和 1 万骑兵。

面对数量占压倒优势的敌人，汉尼拔考虑的不是如何避其锐锋，而是怎样利用这一带的平原充分发挥自己骑兵的优势，在决战中大量消灭敌人的有生力量。他很明白，迦太基步兵虽经过了多次残酷的战斗考验，但总的素质还是比对手略逊一筹；而自己骑兵的质量则胜过对方，特别是迦太基马种优良、纪律严明的重骑兵，更具有明显的优势。于是，他采取的第一个步骤就是示弱骄敌，诱其尽快出战。

罗马军队由两名执政官统领。稳重的鲍路斯认为应该离开这块平原，先占据南面山上的阵地再伺机决战，但浮躁气盛的瓦罗则坚持“在哪里发现敌人，就在哪里发起进攻”。正当两人相持不下时，部下报告说，敌军曾向他们收集粮草与木材的部队发动过攻击，但旋被击退，接着又传来迦太基大军离营，好像在退却的消息。瓦罗得报，立即下令集合队伍，追击敌人。而鲍路斯仍反对出击，他派人给正准备出发的瓦罗传话说，据他预卜，当日用兵不吉。瓦罗很生气，当着许多人捶胸扯发，说由于同僚嫉妒，假托神兆，白白葬送了到手的胜利。大多数官兵也很愤怒，都鼓噪要求出战。鲍路斯最后被迫让步，同意次日出击。而汉尼拔大军在佯动之后又返回了驻地严阵以待，此

董太师大闹凤仪亭

举并未引起这些指挥官的注意。

公元前216年8月2日会战开始之前，汉尼拔作了周密的部署。他知道该地夏季中午常刮东南风，因此首先占据了背风的位置，然后指示部分骑兵和轻步兵埋伏在附近一座有树林和沟壑的山岗上。接着他精选了500名持长剑的勇士各带一把匕首，藏在衣服下面，准备按计行事。他还把步兵摆成一个向前凸出的弧形，为了吸引敌人，特意将较弱的高卢兵和西班牙兵配置在弧形的突出点上，将他的骑兵排列在步兵的两翼，并与之保持一定的距离，以便机动作战。罗马人把全体步兵列为三行，行间留有间隔，骑兵靠在两侧，另外，两名执政官各带一千精选的骑兵作为支援部队集结在战阵两端。

双方统帅各自发表了鼓舞斗志的演说后，会战就开始了。罗马人一开始就用步兵猛攻对方的突出部，而迦太基步兵则奉命且战且退，迦太基的阵式逐渐变成了凹进去的弧形。罗马人满以为敌阵中央不久将被突破，他们完全可以包抄、聚歼敌军了，因此奋力向前，战斗队形变得越来越密集。这时，汉尼拔下令两翼骑兵齐出，进攻罗马骑兵并包围他们的步兵，罗马骑兵虽然马匹较差，骑术欠佳，但仍顽强抵抗着。汉尼拔亲率一支机动骑兵上前增援也未能立即奏效。

为了更快打乱敌阵，汉尼拔向那500勇士发出了信号。他们得令后离开了队伍，拖着长剑，像逃兵似的投向敌阵。罗马的前锋指挥官收容了这批人，并夸他们识时务，只缴了这批人的长剑就让他们到阵后去。他认为当着敌人的面把“投诚者”缚起来是不明智的。这时迦太基阵营侧翼有成队的非洲精锐步兵喊叫着离开了战场，奔向山岗，也好像是溃逃一样，引得罗马人前去追击；不料这喊声正是预定的信号，埋伏着的迦太基步、骑兵一齐杀出，消灭了罗马追兵后又从侧面猛攻敌阵，这时风也助威来了，夹着尘土的大风刮得罗马人扑朔迷离，投石器无法瞄准目标，威力大大减弱，而顺风的迦太基人恰恰相反。看到时机已到，那500名假投降的士兵纷纷抽出匕首，从背后冲杀罗马士兵，并用罗马人的盾与剑武装自己，在敌阵中横冲直撞。罗马人不知道对方到底有多少混入己阵的诈降者和伏兵，也难于分辨这些与自己持同样武器的敌人，队伍逐渐混乱。

迦太基骑兵粉碎敌骑后，全部压向罗马军队侧背，很快就与自己的兵步衔接起来，四面包围了敌人。此时的战斗几乎成了单方面的大屠杀，罗马军从乱成一团，互相掣肘，他们的武器绝大多数不能伤及对方，而迦太基军队投射的每一块石头，每一支投枪都使罗马军遭受伤亡。

看到战局不妙，主战最坚决的瓦罗带着少数骑兵飞快逃遁了。而鲍路斯虽明知大势已去，仍和残存的将领放弃了战马，加入了步战。罗马军中最勇敢的士兵逐渐向他们靠拢，形成一个集团，负隅顽抗。汉尼拔骑马四处激励自己的将士，要求他们奋勇杀敌，夺取最后的胜利。以后，随着鲍路斯和多数将领、元老的相继战死，罗马士气终于涣散了。这场历时 12 小时的激战结局是：罗马人除少数乘夜幕侥幸逃脱外，阵亡 5400 人，被俘 1800 人。而汉尼拔仅损失 600 人，他的主要力量——6000 重骑兵，仅死伤 200 人。罗马人“从来没有过这样彻底的全军覆没”。“坎尼之战”——这个战争史上辉煌的战例，从此成了一个几乎众所周知的军事术语，它的定义就是“歼灭战”。

在坎尼之战中，在兵力上占优势的罗马人全军覆没的主要原因是谋划不足，盲目决战。而汉尼拔正好相反，他进行了周密的准备，充分掌握和利用了地形、气候及敌人的弱点，布置了有利的战阵，实施了示弱骄敌、以逸待劳、诈降等计策，并最大限度地发挥了他的精良骑兵的作用和战士们的勇敢精神，总体上配合得当，进退有据，因此始终控制着战场上的主动权，把握着战斗的节奏、进度与方向，从而弥补了兵力上的劣势，把战役引向了胜利。

英国以逸待劳防空有术

1940年7月至10月，英国为抗击德国的空中进攻，进行了被称之为“不列颠之战”的战役性防空作战。在这次大规模的激烈空战中，英国之所以能彻底粉碎希特勒企图以大规模空袭来迫使英国投降，或在摧毁英空军后再从海上入侵英国的计划，其中的重要原因之一就是英国空军采用了避实击虚的空战战术，并将气球和钢绳成功地用于防空作战。

1940年6月下旬，法国投降之后，德国控制了北起挪威南迄西班牙的全部西欧海岸，英伦三岛随之陷入三面被围的困境。加上英国在敦刻尔克撤退中虽然撤出了大部分远征军，但却损失了大量的武器装备，英国陆军只剩下500门火炮和200辆坦克。空军在西欧作战中损失了1000余架飞机和大批有经验的飞行员，仅有1300架作战飞机了。海军也已失去了与法国舰队合作的有利条件。在这种严峻的形势下，英军统帅部已经预料到了法西斯德国的空军必将对英国实施大规模的空中突袭。

早在1940年5月19日，英国充分考虑到法国可能“退出战争”这一难于避免的特殊情况，因而在英军参谋长联席会议上审议了一份称之为“英国在一定情况下的战略”的报告草案。该报告就英国对德国的各项防御措施，特别是防敌空中突袭的措施，作出了具体的规定。5 月 27 日，英国战时内阁批准了这个报告，并将有关的防御措施开始付诸实施。

三十六计之以逸待劳

希特勒先是在所谓“和平建议”的名义下，企图拉拢英国，诱使英国妥协。遭到丘吉尔政府拒绝后，遂于 1940 年 7 月 16 日作出对英登陆作战的决定，并下达了关于代号为“海狮计划”的第 16 号指令。计划分为两个阶段实施，第一阶段为战略轰炸和海上封锁；第二阶段为登陆。德军实施空中进攻的主要目的是：夺取制空权，为实现“海狮计划”创造更有利的条件；同时破坏英国的军事经济潜力和国家的管理体系，迫使英国屈服。因为，希特勒认为，英国在孤立无援、物资缺乏的情况下不可能坚持抗战，只要用航空兵实施空中进攻，就可迫使英军投降。为此，德国最高统帅部计划使用约2400架作战飞机（其中轰炸机为1480架）来对英国实施突袭。

德军航空兵对英国的空袭，实际上从法国投降就已开始，但当时的规模还比较小，主要目的是为了对英国施加压力。到了1940年8月1日，希特勒下达作战命令，强调“为创造最后打败英国的必要条件，我打算加强对英国本土的海上和空中作战”，要求“德国空军要使用其拥有的所有兵力尽快打败英国空军”，即“空军必须全力以赴支援海狮行动”。很显然，德国空军的首要任务就是消灭英国空军，夺取制空权。

同德国空军力量相比，英国的防空力量处于相对劣势的地位。在不列颠空战开始时，英国防空体系拥有56个战斗机中队，700余架歼击机；7个高炮师，约2000门高射炮；另有轰炸机约500架。但是，在德国方面，到这次战役开始时，由戈林指挥集结起来的作战飞机总数已达2669架，其中轰炸机1300多架，其飞机数量不仅突破了原计划的需求，而且明显地优于英军的数量，加上作为实施进攻的德军，掌握着选择攻击时间和目标的主动权，因而优势更加明显。

面对德国空军绝对优势兵力的进攻，英国在战前即采取了一系列的防空措施。一是建立统一的防空指挥系统。英国在空军部之下专门设立了防空指挥部，统一指挥战斗机部队、高射炮兵、雷达分队、警报和观察分队。空军司令道丁上将把英国本土划分6个防空区，每个大队负责3——8个防空分区。每个防空分区指挥2——3个战斗机中队。大队只下达出击命令，战斗机起飞后的具体作战指挥引导由各分区指挥所实施。二是按照全面防御、突出重点的原则，合理部署高射炮兵。除了重点加强伦敦地区的防御外，还将1/3大口径高射炮集中用于保卫飞机工厂。三是建立全国性雷达网，在全国范围内共配置了51座雷达站，其中在东南沿海地区配置了38座，以期构成严密的雷达警戒屏幕，准确测知德国飞机的来袭时间和大致方向，进而弥补歼击机不足的缺陷。

在整个不列颠空战期间，英国十分注重于采取机动灵活、避实击虚的战术手段。

1940年7月10日至8月12日，是德国空军实施大规模空袭前的“试探”阶段。德国空军于 7 月 10 日下午袭击了英国沿海的一支商船队，由此揭开了不列颠空战的序幕。7 月 19 日，希特勒“以胜利者的身分讲话”，发出最后的所谓“诉诸理智”的威胁，要求英国投降。8 月 2 日，戈林在发布“不列颠之战”命令的同时，声称“英国空军将在 4 周之内逐出整个英国上空”。自此之后，德国飞机不分昼夜地飞往英国上空。其中，8 月 8 日，德国空军大规模袭击英舰船，先后数个波次，每波次均在 100 架飞机以上；8 月 11 日袭击波特兰——韦茅斯和怀特岛。在此阶段内，英国根据多方面情况判明了德国空军的作战目的是要查明英空军的实力和部署，了解其防空能力，通过攻击英吉利海峡的英国舰船和英国南部港口，以引诱英国战斗机出战。在这种情况下，道丁上将以静制动，决不上戈林的圈套。一方面，尽力避免同敌方战斗机单独交战，只是派遣小部队遂行警戒任务，而把大部分战斗机留待对付敌方的轰炸机。另一方面，利用敌方“试探”这一不可多得的良机，抓紧试验英国雷达的效能，进一步研究和完善在地面雷达引导下进行空中截击的方法。

8 月 13 日起，德军空军开始对英国发起猛烈的空中突袭，在战斗机的掩护下，轰炸机倾巢出动。8 月

15 日，德军 3 个航空大队的大部分飞机都投入了战斗，共出动 1950 架次，袭击英国东北和南部海岸。在这种情况下，英国的战斗机无疑是要升空反击的。但是，由于德国用于掩护的战斗机拥有数量上的优势，如果英国的战斗机升空之后按惯例首先对付德国的战斗机，其结果不仅不能达到防空的目的，而且极有可能使本来就处于劣势的战斗机力量迅速遭到削弱。因此，道丁上将采取了避实击虚的战术，即令英国的战斗机竭力避开德国的战斗机，专打其轰炸机。在地面雷达的引导下，巧妙地插入德国的轰炸机群，充分发挥战斗机轻便灵活、空中攻击火力强的优势，最为有效地利用轰炸机自身防护能力弱和相对笨重的不利因素。这样，不仅可以最大限度地减少英方战斗机的损失，而且可以更加有效地通过打击轰炸机来实现防空的目的。反之亦然，正如“釜底抽薪”一样，随着德军轰炸机的递减，德国对英国的空中威胁也就逐步降低。英国空军采用此种战法，继 8 月 13 日以损失飞机 20 余架的代价，取得击落德国飞机 47 架的战果之后，8 月 15 日又击落德军飞机 72 架，英军仅损失 34 架。

在此以后，德国空军对英国进行了连续一个多月的疯狂轰炸，并且采取昼夜连续出击的“车轮战术”。英国则一面运用以战斗机专打敌轰炸机的“专攻”战法，逐步转变空中力量的对比，一面在北方战区组建、保留一支精锐的预备队，待机实施坚决的空中反击。至9月7日下午，先是德国空军对伦敦进行闪电空袭，同时集结兵力准备从海上入侵英国。但仅在伦敦上空的激战中，英军就击落了德军飞机41架，且其中大部分为轰炸机，而英国仅损失飞机29架。更为重要的是，鉴于德国空军力量的损失已经惨重，且其海上入侵部队已经不可能真正掌握制空权了。因此，在当天晚上，英国迅即出动轰炸机开始对德军入侵出发地（法国的各港口）实施空中突袭。这种空袭持续了两个星期，不仅炸毁了12%的德军入侵舰船，而且摧毁了港口附近的登陆器材和通信设施等。

面对德国空军的疯狂轰炸，英国除了实施积极的空中打击外，在消极防御措施方面，还曾将气球用于防空作战之中。早在德军实施大规模空袭之前，英军组建了5个防空气球大队，并装备了1500个拦阻氢气球和2700具探照灯。在整个不列颠空战期间，英军为加强飞机工业和其他要害目标的对空防御，先后使用了2000多个氢气球。为使气球部队快速机动，并尽可能缩短施放准备时间，在移动时，采取了将气球收回距地面数米高，另一端系在卡车上，以便气球与卡车同步机动到新的施放地点。同时，使用“伞用拦阻钢绳”的设备，在德国飞机可能来袭的方向上，预先利用火箭将这种设备发射到空中，火箭的一端系上钢绳，另一端装上降落伞。当火箭发射到空中约200米高度后，降落伞自行张开，钢绳随着降落伞在空中摇晃不定，构成一道防敌飞机的低空障碍物。

不列颠空战的史实证明，英军采用的避实击虚和将气球、钢绳巧妙地用于对空防御的措施是十分奏效的。战至9月17日，德国空军几乎一筹莫展，士气大为低落。希特勒也不得不承认，英国空军“仍然丝毫未被击败”，并决定“海狮计划”暂不实施，“以后待命”。到10月12日，希特勒被迫放弃“海狮计划”。在历时百余天的空战过程中，德国空军共出动飞机4.6万多架次，向英国投掷炸弹约6万吨。尽管如此，德军非但没能实现其预期的作战目的，反而接连遭受英军给予的重创。在英国方面，经过艰苦卓绝的奋战，以损失飞机915架，飞行员414名的代价，击落德军飞机1733架，击伤943架，击毙和俘虏德军飞行员6000多名，从而粉碎了德军从海上入侵英国和通过空袭迫使英国投降的罪恶目的。

富士以逸待劳强化管理

1969年日本富士电机公司创立了一个鼓励职工提出各种建议的制度。公司认为企业的成败与职工能否提出建设性的意见有很大关系。到1979年平均每人提出的改进工作建议数达到99项，占日本各企业职工提建议数的第一位，而这些建议数的计算只限于实行以后有成效的建议，那些只提出想法，没有付诸实行的，或者实行之后没有成效的建议数都不计算在内，因此，这家公司的建议数全是高质量的，对企业的发展起了积极作用。富士公司在发动职工提改进工作建议方面有独特的作法：

一、确立明确的建议目标。公司把改进工作的建议纳入企业总体经营方针中使目标具体化。例如，东京工厂，年初向全体职工公布本厂的经营方针，在方针指导下，明确改进的目标象“省能”、“改进业务”、“技术革新”等，要求职工“每人一年要提出一百项建议。”这样，目标十分清楚，改进的对象也很明确，建议也就容易提出来了。

二、推广集团提案和个人提案相结合的办法。该公司从1969年起就开展了小团体建议活动，发动集团对质量问题提改进建议，形成质量建议运动，并使小团体提案和个人提案结合起来，在职工中造成了一种气氛，哪怕是一项也好，两项也好，大家都要争着提出改进工作建议。

三、培养和提高职工提建议的能力。公司对职工进行深入的产业工学教育，促进产业工学思想和办法在全公司的普及。定期举办价值分析技术过程研究会和车间讨论会，对职工进行价值分析训练，启发他们的思路，结果，对改革产品提建议的职工增多了。

四、逐级成立“提案审议委员会”，认真处理职工提案。各下属企业制定严格的提案处理程序制度，规定了每级提案审议委员会的审议权限，要求做到职工的每条提案有答复、有结果。为了统一推进“改进工作建议活动”，公司生产管理本部设立了“改进工作建议中心”，作为整个公司的组织。这个组织负责研究决定改进工作建议的年度方针和推进方法。此外，各事业所设置促进改进工作委员会，委员会负责人由厂长任命，任务是制定改进工作的年度目标和管理方法。促进改进工作委员会还设置设计、制造和事务三个小组委员会作为它的下级组织。小组委员会的成员是股长、车间主任、工长和研究部门的领导人。公司对职工提出的每条建议都进行审查，一般经过以下这些过程：首先，职工提出的改进工作建议由各车间提出后，经车间委员会选拔。对各项建议则根据创见性、努力思索程度、适用性和效果等项内容进行评定，分为特别、优秀、优良、A、B、C和建议等七个级别。建议和C级奖由车间委员会表扬；B级和A级奖由小组委员会给予表扬；优良、优秀和特别3种奖提交促进改进工作委员会审查后进行表扬，特别好的建议要征询中心表彰审查委员会的意见。

五、加强职工建议制度的宣传。每年安排一次改进工作月，在公司内宣传负责人、工长的讲话和建议提得多的人讲话，发表改进工作样板车间的事迹。

富士公司的这种以逸待劳的建议制度能够充分发挥企业全体员工的智慧和积极性，它在降低产品成本、提高产品质量、，改进制造方法和保障安全生产方面，起到了很大作用。对公司来说，这种制度还有益于沟通上、下级的关系。因为每当一个职工提出一个建议时，即使他的建议未被采纳，也能达到两个目的：一是管理人员了解到了这个职工在想什么；二是建议人在得知他的建议受到重视时，他会产生满足感。该公司这种激励员工的管理，高度重视了人的因素，也只有人才能创造出持久的、强大的竞争优势。

艾伦以逸待劳创“企鹅”

1935年，后来成为企鹅丛书出版商的艾伦已经32岁，他想独自开创点什么事业。遗憾的是：他所有的积蓄加起来还不过100英镑，100英镑能干成什么事呢？

除凶暴吕布助司徒

一天，艾伦在埃克赛特的朋友家里度过周末，准备回伦敦，在火车站等车时，他突然想起待会儿还要在火车上呆很长的一段时间，最好能先买本书，免得在车上无聊。令人失望的是当时欧洲的书籍都是羊皮面精装的，价格昂贵，买的人很少，更不会为乘一辆车花这笔钱，艾伦当然也不例外，只好对着书发呆。这时，一个想法突然在他的脑海中闪现，为什么不专门出版价格低廉、内容严肃的平装书呢？这种书不仅多数人买得起，有广阔的市场，而且对普及文化知识会有极大的推动作用，我为何不试一试呢？一回到家，艾伦便带着100英镑出入于各出版社，商量出版平装书的事宜。他的第一个计划是重版10种包括海明威《永别了，武器》在内的书，封面只搞平装，不搞精装，每本定价为6便士，价格只是原版精装本的1/12，相当于当时10支普通香烟的钱。然而，艾伦的这一计划却受到不少出版商的冷遇和讥讽，因为这在当时属于离经叛道的商业行为。一开始，艾伦四处碰壁，但他并不灰心。功夫不负有心人，艾伦终于找到了知音：有家出版社答应承担这一业务。艾伦便夜以继日地投入出版平装书的工作。起先他想以家乡布里斯托尔的象征“海豚”作标志，当他举棋不定时，一位女秘书无意中说了一句：“企鹅怎么样？”他觉得可以试一试，就给了一个年轻人6便士，请他到动物园画企鹅。这个年轻人回来时，带来一张画好的企鹅，艾伦一看，觉得很可爱，也很满意，从此企鹅就成了他所出的书的标志。同时，这一行为本身，再次显示了艾伦追求与众不同的情趣的思想（因为企鹅生长在南极）。

第一批平装书问世后，获得出乎意料的成功，由于只花 6 便士就能欣赏到名家的作品，人们争相购买。100 万册书在几个月内就销售一空。艾伦也就从此迈上了出版企鹅系列古典丛书的事业之路，成为赫赫有名的大富翁。

松下以逸待劳解决紧张的劳资关系

董事长松下幸之助先生亲自扫厕所是发生在日本大正十一年（1922）的一件事。那年，在建成最早的一个工厂里，年末将临，按惯例，全厂上下进行卫生大扫除。正在扫除进行中，松下来厂巡视。他在巡视中发现，全厂有 50 多名工人，虽然他们都在打扫卫生，但却没有一个人去扫厕所。松下从当时在场工人的表情、行动上似乎察觉出了工人对他的不大正常的情绪，劳资关系颇显紧张。松下面临这一境况，略略沉思之后，不动声色地拿起扫帚，自己亲自去打扫厕所。当他一个人把厕所打扫干净时，全场的气氛也为之一变，劳资关系紧张的气氛被董事长的扫帚连同厕所垃圾一道清扫掉了。

董事长扫厕所简直不可思议，但松下这样做了，这是工人们始料不及的。然而，董事长对自己行为产生的后果，消除领导层与工人间的隔膜，改善劳资间的紧张气氛却是他意料之中的事情。他曾感慨地说："打扫厕所时，我体会到，自己如果没有考虑到工人的想法就生气，并表现出自己的急躁情绪，给人的印象会很不好。作为工厂的主人，首先必须率先做出榜样。我亲自打扫厕所，起到了缓和紧张局面的作用，同时我也得到一个重要的启示：即作为主人，不能仅仅依靠权威。当然我的收获还远不仅于此。我还懂得了培养谦虚精神和耐心的重要性，而且如果在经营中以身作则，你可以得到很多意想不到的效果"。

试想，如果松下不是亲自操帚清扫，而是面对工人批评教训一番，然后下命令，指定某人去做，那将又会是什么结果呢？很可能，工人们碍于董事长的情面，或慑于他的权威而不得不去，那岂不是给已经紧张的劳资关系火上浇油吗？工人虽服从了命令，但他们心里对董事长能心悦诚服吗？这又将给今后的经营、管理造成多大不可挽回的影响呢？

董事长扫厕所，看似有失尊严，但他在工人们的心目中威望更高了，工人们与董事长在心理上的距离一下子缩短了，由于他的谦虚和耐心，更赢得了工人们的敬重。

以逸待劳索尼敢争天下先

日本索尼公司自1946成立以来，发展到目前拥有2万多名员工，800多家分支机构和独资、合资企业，现是世界上最大的消费类电子产品生产企业之一，主要产品有视频、音频、电视元器件、计算机及辅助设备等等，成为世界上惟一一家既大量生产音、视设备，又大量生产音、视软件的企业。

当我们追寻索尼公司成长的轨迹时，可以清晰地看到在索尼公司的成功之路上，留下了市场开拓者一个又一个鲜明的足迹，他们用创新为自己奠定了成功的基石。自成立之初，索尼公司就一直以“从事人们未曾涉足的事业为己任”的精神，持续将先进的科学技术应用于消费类电子产品和工业电子产品的开发，创造了许多“世界第一”和“日本第一”。其中有：日本第一台磁带录音机，第一台晶体管收音机，第一台小型晶体管收音机，世界第一台晶体管录像机，第一台小型台式计算机等等。从索尼公司成长的轨迹中，我们能很明白的看到索尼从不涉足竞争非常的领域，而是以逸待劳获取新的成长点。

1946年5月，盛田昭夫与井深大共同组建东京通信工业公司——即现在索尼公司的前身，公司采取了股份公司的组织形态，股本金计19.5万日元，公司有20名职员，属于典型的小企业。

时值日本战败不久，硝烟弥漫，百废待兴。东京通信工业公司自一成立就遇到了各种生存问题：物价持续上涨，原材料和各种电子元件短缺，资金紧张等等。当时有不少中小企业大量组装电子管收音机，公司领导经过讨论后决定不参加组装收音机的竞争，而是选择了开发新产品，建立公司独立的生产体系。

他们首先研制了一种家用电热毯，虽然产品还很不成熟，用起来比较麻烦，但因在一定程度上解决了日本家庭无法解决取暖矛盾的问题，所以销路还不错。另外，他们还生产了电唱拾音器。这两种产品也是东京通信工业公司最早的正规产品，也是公司的收入的主要来源。

这些产品的开发虽然也融入了技术人员的新创意，但是对提高企业实力和扩大企业影响方面没有什么太大的作用。对于一个致力于开拓性技术的企业而言，高水平、有显著成果的产品和项目，才能支撑企业的成长。

1947年，东京通信工业公司接受了日本广播公司委托加工混频控制台的订单。这是一项对技术要求很高、时间又相当紧的工程项目。经过公司上下的努力，在合同规定时间内，交付了一台高水平的混频控制台。日本广播公司验收后，认为完全达到应有的技术标准，又放心地将通讯设备改造的任务交给东京通信有限公司。

在公司有了一些收入并扩大了影响之后，公司领导开始致力于开创自己的主导产品。首先，他们选中了钢丝录音机做为公司的发展方向。但在开发主要部件中，他们遇到了困难，那就是他们在日本国内买不到符合录音机要求的磁性钢，无法生产录音钢丝。

钢丝录音机的开发搁浅后，公司的领导一直在思考如何突破原材料供应条件的限制，继续钢丝录音机的开发。而一次的偶然的机会却使他们改变了主意。一日，井深在日本广播协会见到了一台磁带录音机，噪音小、音质好，而且体积亦比钢丝录音机小。他马上意识到，磁带录音机将迅速取代钢丝录音机，成为主要的录音工具。他借了一台磁带录音机带回公司。

● 成功的创业者必须具备对发展机会的敏锐判断，一旦发现，就紧紧抓住，充分利用机会。彼得特说：“在企业中间，没有什么其他特点比重视行动，善于行动更重要了。”

井深与盛田马上做出决策，不再开发钢丝录音机，转而研究试制磁带录音机。为确保研制成功，他们必须获得资金与技术上的支持。

当时，日本没有一家企业能生产磁带录音机。但是东北大学和日本安立公司拥有录音机的关键技术——交流偏压录音技术专利。但专利转让价格高达50万日元。这个价对于当时的东京通信工业公司来说是一个大数目。公司领导意识到，要打开市场，在某种产品生产领域占有决定性的地位，只有全力以赴。

井深与盛田从公司发展需要和磁带录音机的市场前景两方面，向公司内部与各股东介绍了开发磁带录音机的必要性，终于获得各方面的配合与支持。公司股东同意拿出25万日元，与日本电气公司合作购买交流偏压技术专利。

完成开发任务后，公司着手组织批量生产磁带录音机。为此，又筹措了一笔资金，购置了专业生产设备，进一步完善了生产工艺，并实现了主要零部件的规格化、标准化生产。进入市场的C——1型磁带录音机定价在16万日元。

产品只有进入市场，到达消费者手中，才能实现价值增殖，完成从生产资本到货币资本的转换。这种转换也曾被马克思誉为“惊险的一跳”。市场销售能否成功决定着公司的命运。

那时，大部分日本人的购买能力还低，大部分日本人收入还主要用于维持生存，买不起奢侈品，加之东京通信工业公司在那时还只是一个无名小公司，没有日立、东芝那些大企业的知名度。所以，公司经千辛万苦开发出来的录音机在一段时间内无人问津。

犯长安李傕听贾诩

如果依据传统的销售方式，将磁带录音机摆在橱窗里，显然不可能吸引那些对产品一无所知的消费者。盛田意识到，只有让消费者了解产品的价值，才可能产生购买欲望。他决定带着产品走出去。他开着一辆旧货车，载着磁带录音机，到处宣传用途，并向大家演示。

苍天不负有心人，果然有人闻声而至。日本八云产业公司的经营主任仓桥正雄对公司生产的第一台磁带录音机非常感兴趣，并以每台12万日元的批发价一下子购买了50台，总金额达600万日元。

但仓桥在销售磁带录音机时同样碰到了难题。盛田与他一起调查商量，认为在短期内，16万日元的录音机还不能进入普通家庭，他们调整了推销对象，把重点放在那些有购买能力，又需要录音机的单位。

有了新的推销思路以后，销路马上就打开了。他们向一些新闻社、商店、餐馆推销出了一批录音机，接着他们发现录音机可以帮助记录审讯内容，又向司法部门与检察院卖出了80余台录音机。

至此，磁带录音机的销路基本打开。当公司设立了子公司——东京录音公司后，盛田将富有销售经验的仓桥从八云产业公司挖来，担任子公司的常务理事，负责市场开拓。

1951年初，日本学校开始普及视听教育，公司领导意识到这是一个开拓市场的好机会。为此，仓桥在东京通信工业公司成立了“录音教育研究会”，又与文部省等教育管理部门联系，推荐使用磁带录音机加强视听教育，得到批准。仓桥便带领“录音教育研究会”的成员，奔走于中小学之间，详述录音机的性能和在教学中的好处。普及使用方法、宣传产品性能的努力取得了很好的效果，订单不断增加。新推出的 H 型录音价格降至 8 万日元，体积小，更易携带，更好地满足了中小学校的需要。至此，公司的发展开始步入良性循环的阶段。

根据市场销售的经验，井深与盛田认为，磁带录音机降至 6 万日元至 7 万日元的价格比较合适。要想让价格下降一半，必须首先把生产成本降下来。公司组织了录音机改进小组，设计出许多方案，经过比较，选出了一种便携式录音机的设计。按照这个设计，录音机的体积缩小了，重量大为减轻。1950 年 11 月，工厂生产出 H 型手提磁带录音机样品，零售价格为 8 万日元，并随后开始了批量生产。

在录音机的开发和市场开拓方面取得成功之后，公司开始再次寻找创新机会。技术和市场在随着时间变化而不停地变化，企业要靠持续创新巩固在市场上的地位。

东京通信工业公司曾与日本乐器制造公司签订了代销协议，希望利用对方的销售渠道向中小学销售录音机。后来，盛田发现在确定经销商时，忽略了一个重要的条件，即产品技术上的相近性。在经销活动中，他们无法宣传解释产品技术和使用中的问题。学校在使用录音机中出现的大小问题，都必须要由东京通信工业公司派技术人员解决。因为日本乐器公司经销录音机的成绩一直不理想，经过考虑，盛田决定建立公司自己的销售网。

做为开端，盛田将曾承担过产品销售的丸文公司和盛田的山泉公司合并，成立丸泉销售代理公司。此公司为新产品的销售制定了统一的宣传计划和价格，并且建立了巡回检修制度和售后服务网点，提高了销售工作效率。有效的销售活动为东京通信工业公司扩大生产规模、开发新产品提供了机会，更为公司以后的发展做了良好的铺垫。

以逸待劳赚钱法

当今赚钱术可谓无奇不有，即使是社会消费动向，只要你能作出准确地调查，也能卖个极好的价钱，因为生产厂家及销售公司都需要以此作依据。法国的达特索斯女士看准了这一点，认为在当今世界，巨富大亨们领导着消费新潮流，如果能摸清他们的消费动向，必定能赚大钱。于是，她在 1986 年开办了“上流阶层”——专门调查巨富大亨衣食住行的公司。

达特索斯女士对调查人的资格要求，听起来有点近乎苛刻：必须是当代社会的精华，并且一定要事业上有所建树，仅仅有钱或是有头衔是不够的。她对1000个大亨家庭进行了调查，为了解他们各方面的情况，再进行比较，最后从中选定200户。

达特索斯女士是个极讲信誉的人，对于被调查者的姓名严格保密。即使是被调查人的职业，她也从不透露。不过，据了解，列在调查名单中有医生、律师、工业家、艺术家等。鉴于达特索斯女士的信誉极佳，被调查者都愿合作，很少有拒绝回答问题的。

“上流阶层”的调查定期进行。调查内容包括：穿什么衣服。吃什么食品，饮什么酒，坐什么椅子，开什么汽车，养什么动物，有什么爱好，等等。当然，诸如挣多少钱这类问题绝对不会提出来。有关性生活、宗教及政治信仰等方面的问题也不会提出。

迄今为止，已有800户来自法国、英国、德国和意大利的大亨家庭接受了调查。

调查发现，大亨们有不少与一般人的想像相悖之处。如赛车不受青睐，珠宝首饰有但很少戴，被调查者中有5%的人极为吝啬……

调查中还发现，德国妇女在买衣服方面是最舍得花钱的，其购买上衣和裙子的数量是意大利妇女的两倍，是英国妇女甚至是最讲究的法国妇女的3倍。在男性服装方面，意大利男人的穿着是一流的。此外，法国大亨住在巴黎以外的人数之多令人吃惊。英国大亨在消费上是最节省的。

通过对上流社会消费倾向的调查，公司获取了许多有价值的信息，这些信息可用于预测今后的消费动向。因而，达特索斯女士开办的“上流阶层”公司获得了巨大的成功，其调查数据引得欧美各大公司争相出高价购买，财源滚滚而来，使她自己也跻身于大亨之列。

以逸待劳饭馆出奇招

美国匹兹堡有一个朱利奥家庭饭馆，经营颇有特色。他人开饭店通过确定菜单的价格，或高一些价，或低一些价，以此达到获利目的。但朱利奥却别出心裁，菜单上不标价，让顾客自己订价格，让顾客自觉付钱，不怕顾客吃后不付款，少付款。他的广告上这样写着：“在朱利奥餐馆，相信上帝会给我们带来好处。因此，菜单上没有价格，请您自己决定菜价。”乍看，这样做，可能会给某些顾客吃白食或少付钱提供方便，饭馆有可能亏本。但是，这个新招却招来了不少喜欢好奇的顾客来光顾，小店名气也大了。而且光顾者多数是有自尊心的，不会做出不光彩的事情来。相反，还有高额付款，以示阔绰。当然，也有个别的做了不该做的事。对此朱利奥也只是微微一笑，说“上帝祝福你”！结果朱利奥饭馆生意兴隆。按照常识，不论是商店还是饭店，都是卖方事先把商品价格定好，顾客只是处于被动接受的地位。然而，朱利奥餐馆却悖理而行，针对许多人都有求名好胜、爱虚荣、求自尊的心理弱点，切中肯綮从而大获其利。此外，饭馆还可以根据顾客付款的档次反馈自己的营业质量，不断加以改进，提高菜肴的制作水平。

海威以逸待劳擒窃贼

在日常生活中，以逸待劳的方法我们也会经常使用，因为这是十分奏效的一种方法。化学家海威先生就利用这一计策巧妙地捉住了一名珠宝大盗。

事情是这样的，珠宝商考尔太太收藏着一颗珍贵的金伯利黑钻石，价值连城。她逢人便夸，作为招徕生意的法宝。

一天，三位绅士——查尔、艾伦、贝洛慕名来访，考尔太太便把三人迎入收藏室，然后打开匣子，一颗乌黑闪亮、辉光灿耀的硕大钻石立刻呈现在人们的面前。

来客们一边细细观赏着钻石的质地和成色，一边连连赞叹不绝。赏看之后，主人合上百宝箱，用一张涂满浆糊的白色封条封好，然后邀请绅士们到客厅叙谈。

勤王室马腾举义

这一天，他们三人的举止谈吐各有特点，但却有一处古怪的巧合——三个人的右手指都有点小小的毛病。查尔的食指也许是发炎，涂上了紫药水；贝洛的拇指明显是被划破了，搽上了红药水；艾伦的拇指大概被毒虫咬肿，搽上了碘酒。

谈话的气氛是友好而又热烈的。尽管三位绅士曾先后离席外出小便，但回到客厅后，依旧是谈笑风生。

宾主谈兴正浓时，考尔太太的生前好友化学博士海威来访。

考尔太太再次陪同博士前往珍藏室参观。当她揭开湿漉漉的白色封条，打开箱盖时，突然发现钻石不见了。她只绝望地喊了一声："上帝呀！"就浑身瘫软地倒了下去。

虽然可以断定，钻石在如此短的时间内，不会飞出屋去，但一颗钻石，实在是太小了，只要人们随意藏在一个地方，也许就会永远找不到。更何况，在没有充分的理由时，是不能随意搜身的。就是勉强搜身，如果仍然找不到钻石，只能是自取其辱。

海威博士扶着考尔太太来到客厅，把钻石失窃的事向三位绅士说明，然后风趣地说："尊敬的先生们，这调皮的钻石不会是飞到你们手里了吧？"

三位绅士耸耸肩膀，双手一摊，异口同声地说："这绝不可能。"

海威博士一边安慰着考尔太太，一边沉稳地说："如果各位还想看到这颗钻石重现的话，就请耐下心来，再等片刻。"

三位绅士不愿担先走所产生的嫌疑，于是便重新入座，加入漫谈的行列。

海威博士借谈笑的当儿，细细观察着每个绅士的表情、神色，乃至一举手、一投足的细微举动。

一刻钟后，海威博士犀利的目光从三人的手上一扫而过，然后指着其中的一位对考尔太太说：“好了，现在事情已经大白了，盗窃钻石的就是他。”

考尔太太惊讶地问：“你怎么能断定是他呢？”

“是啊，你怎么能将这样的罪名随便使用呢？要知道，这会毁坏我的名誉和声望的。”艾伦大声抗议着说。

海威不动声色地指着艾伦已变成蓝黑色的拇指，肯定地说：“手指上的颜色已经告诉了我们一切。”

众人都惶惑不解地盯着海威博士。

海威博士谈笑风生地说：“刚才，我同各位绅士握手的时候，发现各位的手指上涂有不同的颜色。查尔涂的是紫药水，贝洛涂的是红药水，艾伦搽的是碘酒，而只有三位在刚刚观赏过这颗钻石后，这颗钻石便失踪了。我想，或许是哪一位绅士在跟我们开一个小小的玩笑，玩一个捉迷藏的游戏。”

海威博士环望了一下众人，接着侃侃而谈。“我觉得要判断是谁在玩这个游戏需要时间。知道吗？中国有一个绝妙的计策，叫做以逸待劳，于是我便采用了这个计策，让大家在这儿随意地漫谈片刻。果然，我等到了我需要的结果，奇迹出现了，你们瞧……”

海威站起来，走到艾伦身前，抓住艾伦的手指，高举起来，说：“看到了吗？艾伦手指上原来搽了碘酒，而当碘酒与浆糊接触时，手指便由原来的黄色变成了蓝黑色，这是因为碘酒中的碘与浆糊中的淀粉接触而产生的化学反应。我想，当考尔太太已经封好了珍宝箱后，艾伦先生又去接触封条上的浆糊，一定不会只是出于好奇吧？”

艾伦垂头丧气地低下了头，乖乖地将那颗钻石从已经密藏好的衣扣里取出。

磨刀不误砍柴工

在很早以前，有个老人，他有俩儿子。大儿子叫阿力，小儿子叫阿智，都老实肯干，老人很满意。可是，他俩谁的心眼更活一些呢？老人想考考他俩。

一天，老人从集上买回两把没开刃的镰刀。把两个儿子叫到跟前，说：“今天我买来两把镰刀，让你俩上山去砍柴。各砍各的，到天擦黑回来，看谁砍得多。”

兄弟俩按父亲的吩咐，就各自行动了。

阿力想，要砍得快，砍得多，就得抓紧时间，不怕出力。他拿上崭新的镰刀，找着扁担，提着绳子，急匆匆上山了。到了山上，他拼命地砍啊、砍啊。可是，因为镰刀太钝，连着砍好几下子，也砍不倒一棵小棘子。不大功夫，累得腰酸胳膊痛。

阿智从父亲手里接过那把乌黑发亮的镰刀，一看刀刃厚厚的，就找了个磨刀石，霍霍地磨起来。不一会儿，刀刃变得闪闪发光，阿智用手指在上面轻轻一刮，十分锋利。然后拿上扁担、绳子上山了。

到了山上，像拇指粗细的荆棘，一砍就断；像胳膊粗细的小树，几下子就能放倒。不大一会儿，阿智砍了两大捆。

太阳渐渐西沉了，阿智挑着沉重的像牛腰粗的两捆柴禾回到家。阿力一直砍到太阳落山，才急急忙忙收拾起来往家赶。

老父亲一看，阿力砍的还不到阿智的一半，就纳闷地问他俩都是怎么砍的。

老父亲听过后，说："无论干什么活，只顾低着头蛮干，费力费时不出活，必须先用心想一想，看怎么干着省力省时又出活。要知道，磨刀不误砍柴工啊！"

涓人以逸待劳千金买骨

春秋战国时代，燕国国君愿出千金来购买千里马，但布告贴出去 3 年，仍然没买到千里马，涓人对君王说："我去给你买。"君王答应了，派他去买千里马。

经过3个月的寻找，涓人总算找到了千里马，但千里马已经死了。涓人就用500金买了千里马的骨头，带回来向君王交差。君王见状大怒，说："我要的是活马，你怎么买回来死马，还花去我500金?"涓人答曰："死马尚且要用500金来买，何况活马呢?不过，因为我用500金买了死马，天下人必定会认为君王善于买马，看着吧，千里马不久就会送上门来。"果然，不到一年，就有3匹千里马送来。

涓人花500金买死马，在常人眼里是不可思议的事情，而3匹千里马因此而送来，更出人意料。其实，这里蕴含着涓人超人的智慧和谋略，也是以逸待劳的一个典型。

第五计　趁火打劫

【原文】

敌之害大，就势取利。刚决柔也。[①]

【注释】

①刚决柔也：《易·夬》卦："彖曰：夬，决也，刚决柔也。"夬，《易》六十四卦之一，乾下兑上。刚决柔，原意为用明信之法宣其号令以制邪柔。此处为以武力制服弱敌。

【译文】

敌方出现严重危机，就要乘机出兵夺取胜利，这就是强者趁势取利，一举打败处于危境之敌的策略。

【按】敌害在内，则劫其地；敌害在外，则劫其民；内外交害，则劫其国。如：越王乘吴国内蟹稻不遗种[①]而谋攻之，后卒乘吴北会诸侯于黄池之际，国内空虚，因而捣之，大获全胜。（《国语·吴语·越语下》）。

【注释】

①蟹稻不遗种：语出《国语·越语下》原文为“今吴稻蟹不遗种”，“蟹”、“稻”二字互换，极言吴国田地荒芜，无余粮。

【译文】

敌方有内忧，便占领其土地；敌方有外患，便夺取其民众；敌方内忧外患交迫，便吞并其国家。例如，越王勾践乘吴国遭受大的自然灾害，螃蟹、稻子都死绝时，策划进攻吴国。后来终于乘吴王夫差北上黄池与各国诸侯会盟，其国内空虚之际，进攻吴国，大获全胜（《国语·吴语·越语下》）。

【计名探源】

本计出自《孙子兵法》“乱而取之”的思想，计语最早见于明代吴承恩的小说《西游记》中。唐玄奘法师离开大唐国，往西天取经。一天晚上，他和大弟子孙悟空来到一座庙中投宿。这座庙有上下房间共70多间，僧客200多人。庙中老方丈命人敬茶。闲谈间，问唐僧有何宝物，可以让他开开眼。于是，悟空把带来的袈裟拿出来炫耀。方丈一见，顿生歹念，假托老眼昏花，看不清楚，要求当夜借袈裟到后房仔细看看。就这样骗得了袈裟。晚上，方丈和手下僧人商议，将禅堂放火烧毁，把睡在里面的师徒两人一起烧死，以便将袈裟据为己有。可晚上悟空并未睡着，方丈的阴谋被他听到了，便变成一只小蜜蜂飞出禅堂，一个跟头翻进南天门，向广目天王借到“避火罩”，回去罩住了唐僧和白马。到了半夜，和尚们果然放火烧禅堂，火愈烧愈旺，把观音院烧得通红，惟有唐僧所在禅堂安然无恙。这时，观音院正南面一座山上，有一个黑风洞，洞中妖怪被火光惊醒，他与观音院长老素有交情，便纵起云头去帮

三十六计之趁火打劫

众僧救火。火光中，见前后大殿被烧成断垣残壁，惟有方丈案上有一青色包袱，里面透出一道道霞光彩气，打开一看，是一件锦襕袈裟，乃佛门宝贝。妖怪一见此宝，救火之意顿失，拿着袈裟，趁火打劫，驾着黑云，径直回到了黑风洞。

本计的基本思想早在《孙子兵法》一书中就作了如下叙述：乱而取之。

唐代文学家、诗人、军事理论家杜牧，也曾对此语作注释："敌有昏敌，可以乘而取之。"

【评语】

"趁火打劫"一语，其原意谓：趁别人失火，一片混乱，无暇自顾的时候，去抢人家的财物。此计用于军事方面是指：当敌方发生危机的时候，就要果断出击，以争取迅速取胜。《十一家注孙子·计篇》有云："利而诱之，乱而取之。"其杜牧注曰："敌有昏乱，可以乘而取之。"讲的就是这个道理。

古人认为，敌方有内忧，便趁机占领它的国土；敌方有外患，便趁机劫掠他的民众；敌方内忧外患交迫之时，这便是吞并它的国家的最好时机。

【战例】

子贡挑敌内乱而安鲁国

春秋时期，田常欲作乱于齐，但又怕齐国内的高、国、鲍、晏等强族反对，便想立功于外而兴兵伐鲁。孔子为使自己的国家不遭到涂炭，便派高足子贡前往游说，以化解危难。

子贡受命前往齐国，对田常说："你伐鲁是不对的。鲁国是难伐之国，城薄地狭，国君愚而不仁，大臣伪而无用，士兵又不善战，此为不易攻。你不如伐吴。吴国城高地广，兵器精良，士气高昂，又使良将把守，此为易攻。"田常听此不由大怒说道："子之所难，人之所易；子之所易，人之所难；而以教常，何也！"子贡不慌不忙说道："忧在内者攻强，忧在外者攻弱。你现在是内忧。听说你三次求封而不成，大臣也有不听你的。现在你去破鲁以广齐地，战胜以骄主，破国以尊臣，而君得不到什么功劳，则与君主交情日疏。这是你上骄君主之心，下恣凌群臣，要想成大事，难矣！再说君主骄则恣，臣骄则争，这是你上与君主有嫌隙，下与大臣交争的事。如此，你在齐国的处境就很危险了。所以说不如伐吴。如果伐吴不胜，民人外死，大臣内空，这是你上无强臣之敌，下无民人之过，孤立君主而控制齐国的只有你了。”田常说：“很好。可我已经派兵去鲁国，如果现在攻吴，大臣怀疑我怎么办？”子贡说：“你先按兵不动，请派我去吴国，叫他们救鲁而伐齐，你因此率兵迎击吴军。”田常接受这个建议，便派子贡去吴国游说。

刘皇叔北海救孔融

子贡到了吴国，对吴王说：“作为王者不绝世，霸者无强敌，千钧平衡之重，一边加上铢两则倾斜。现在强大的齐国想要吞并弱小的鲁国，与吴国争强，犹如齐国加重，这是大王争霸的危险所在。何况大王救鲁，是显名之事；伐齐，是获大利之事。如果抚泗上诸侯，诛暴齐以服强晋，利莫大焉。这是名存亡鲁，实困强齐，智者不疑的事。”吴王听罢说：“很好。可是我曾经与越国打过仗，越王苦身养士，有袭击我之心。你等待我征伐越国以后再按你所说的去办。子贡说“越之劲不过鲁，吴之强不过齐，大王放弃齐而伐越，则齐已平鲁矣。何况大王方以存亡继绝为名，伐小越而畏强齐。非勇也。夫勇者不避难，仁者不穷约，智者不失时。王者不绝世，以立其义。现在大王存越示诸侯以仁，救鲁伐齐，威加晋国，诸侯必相率而朝吴，霸业成矣。如果大王畏恶越国，臣请东见越王，令其出兵以从，此名为有诸侯相从伐齐，而实空越，其忧可去。”吴王很高兴地派子贡出使越国。

越王勾践正处于兵败身辱之时，因此屈身恭迎子贡，而至馆舍向子贡伺所来之由。子贡说：“这次我来游说吴王救鲁伐齐。吴王心里以越为患，乃说：‘待我伐越乃可’。果真这样，破越必矣。何况无报人之志而令人疑，拙之；有报人之志，使人知之，殆也；事未发而先闻，危也。三者举事之大患。”子贡的话戳到越王勾践的痛处，使勾践不由顿首再拜说：“孤尝不料力，乃与吴战，困于会稽，痛入骨髓，日夜焦唇干舌，徒欲与吴王接踵而死，孤之愿也。”子贡说：“吴王为人猛暴，群臣不堪，国家敝以数战，士卒弗忍。百姓怨上，大臣内变，是残国之治也。您现在应当卑辞厚礼以悦其心，发士兵助他出战以骄其志，其必伐齐。如果吴王战不胜，是您之福。吴王战胜，必去进攻晋。臣请北见晋君，令其出兵攻之，弱吴必矣。吴之锐兵尽于齐，重兵困于晋，而您制其敝，此灭吴必矣。”勾践极为高兴，大谢子贡，子贡不受而去。

子贡又来到吴国，向吴王汇报说：“我将大王的话告诉越王，越王大恐，说：‘孤不幸，少失先人，内不自量，抵罪于吴，军败身辱，栖于会稽，国为虚莽，赖大王之赐，使得奉俎豆而修祭祀，死不敢忘，何谋之敢虑！’”此话先使吴王放心，几天以后，越国助征之兵赶到，吴王大悦，问子贡说：“越王欲身从寡人伐齐，可乎？”子贡怕谎言被戳穿，便回答说：“不可。夫空人之国，悉人之众，又从其君，不义。君受币，许其师，而辞其君。”吴王便没有让勾践随征，而亲率九郡兵马伐齐。

吴军出动，子贡又来到晋国，对晋君说：“臣闻之，考虑不定不可以应卒变，兵不先办不可以胜敌。现在齐与吴将开战，吴战齐不胜，越国必攻吴；吴战齐获胜，必以其兵临晋。”晋君大恐，问：“为之奈何？”子贡说：“您且修兵休卒以静观待变。”晋君应许，子贡便回到鲁国静等其变。

果然，吴国与齐国战于艾陵，大破齐军之后，以战胜之师攻晋国，双方战于黄池，吴军大败。越国闻吴军战败，涉江袭吴，与吴军战于五湖，吴王夫差兵败被杀，越王勾践东向中原称霸。司马迁在总结这段历史时说：“子贡一出，存鲁，乱齐，破吴，强晋而霸越。子贡一使，使势相破，十年之中，五国各有变。”子贡以一个普通人，为了鲁国的生存而游说各国，并获得如此成功。这是他掌握趁火打劫之计的造敌外患，趁其他顾不防而夺之的手法的技巧，有意识地给各方制造外患，使各方都成为顾此失彼之势。他促吴为齐的外患，促越、晋为吴的外患，改变整个政治态势，也就使弱小的鲁国有了一个安全环境。子贡给各方制造外患时，总是设身处地为对方着想，抓住各方的弱点，引诱或迫使对方就范，巧妙地掩饰自己真正的意图，这就抓住使用本计的要点，也说明使用这种手法的隐蔽性。

袁盎趁火打劫害晁错

西周灭商，推行“封建制”。所谓封建，就是封侯建国，裂土封爵。秦灭六国，罢封建，设郡县，停止对宗室的分封。汉高祖刘邦统一中国后，认为未封宗室以为屏藩是秦速亡的原因之一。因此，他专门分封了一批同姓诸侯王，让他们领兵分据战略和财赋要地，借以控制郡县，必要时又可以为中央王朝的捍卫力量。为此规定：“非刘氏不得王”，有意识加强宗室的力量，提高宗室的地位。然而，随着时间的推移，这些诸侯王凭借自己相对独立的统治权，渐成为尾大不掉之势。与此同时，北方匈奴强大，威胁汉朝的北边。故此，在文、景之时出现如何削藩和抵御匈奴问题的议论。

这两个问题，一是内事，一是外事。言外事是朝野都能接受的，没有什么忌讳，言内事则容易引起当权者的猜忌。故此，汉文帝时的贾谊因诸侯王势力太大，已呈难制之势，提出“欲天下之治安，莫若众建诸侯而少其力”的主张，认为可以给宗室以很高的政治和经济待遇，但不能给他们实际的军政权力。年轻的贾谊得到汉文帝的赏识，已招致一些诸侯大臣的嫉妒，又直言内事，积怨更深。于是，大臣们以贾谊“洛阳之人，年少初学，专欲擅权，纷乱诸事”为名，逼迫文帝不能重用贾谊，贾谊所提的建议也难以实施，以致唐代诗人李商隐有“可怜半夜虚前席，不问苍生问鬼神”之叹。

与贾谊同时代的还有两位年青人，也谈内外事，自然也招致诸侯大臣的猜忌。由于两人进言的方法不同，所得到的结果也不同。这就是袁（一为爰）盎和晁错。

从出身来看：袁盎父亲是盗贼，在吕后当权时，袁盎走吕禄的门路，得为吕禄的舍人，从此进入仕途。在汉文帝即位时，袁盎凭着其兄的举荐，升为郎中，得在文帝身边侍从，有了进言的机会。晁错也是家无渊源，“以文学为太常掌故”。是凭自己的才能进入仕途的。

不同的出身和经历，使他们在为人处事上相差很远。晁错为人峭直刻深，袁盎为人圆滑含蓄。在文帝时，晁错上书凡三十篇，涉及内外重大事务，虽然没有使文帝完全听从，但使文帝知其才能，其官也就不断升迁，从太子舍人、太子门大夫到太常博士、太子家令，升到中大夫，虽尚不是什么显官，已招人眼热。袁盎虽没有晁错那样文笔，但身为侍从，向文帝进言的机会很多，常使文帝悦服，官运也很亨通，在文帝之时官至吴国相。

在景帝为太子时，晁错为太子家令，常为景帝出谋划策，人号为“智囊”。景帝即位，晁错升为中大夫，转内史，超迁为御史大夫而身居副丞相之职，故“宠幸倾九卿”。这种升迁速度，肯定招人嫉妒。在晁错为内史时，当时的丞相申屠嘉就很嫉妒，拟以晁错“穿宗庙垣为奏，请诛错。”幸而为晁错侦之，先行向景帝汇报，使申屠嘉计谋不成，深恨“吾悔不先斩错乃请之，为错所卖！”申屠嘉本是气性很大的人，“因呕血而死”。这使晁错更加荣崇，朝野也就更加侧目。

景帝即位，对袁盎来说，并不是什么好事，因为他身为吴国相，人在外地，难以进言，且景帝在为太子时，因与吴国太子下棋发生争执，“引博局提吴太子，杀之。”与吴国结成深怨。现在景帝即位，这种深怨肯定会爆发出来。袁盎出于避祸心理，及时告归，投靠丞相申屠嘉，以求自全，不料申屠嘉又死去，所恃已去，处境危险可知。

晁错受宠，袁盎失爱，这两个人的积怨必然要激化起来。本来晁错与袁盎就不相善，“错所居坐，盎辄避；盎所居坐，错亦避；两人未尝同堂语。”现在晁错为御史大夫，袁盎在京闲居，正是晁错报复的好机会。但这位好谈“权术”的晁错，非但没有害掉袁盎，反被不好谈权术而会用权术的袁盎所害。

以二人的权术而论：晁错深得景帝信任，也非常忠于景帝。为了景帝的尊严，他不惜多次更定法令。他自恃有权在手，不听左右劝谏，就是其父亲劝他，也改变不了他的初衷，使他父亲感到“刘氏安矣而晁氏危!”“不忍见祸逮身”而自杀。晁错本人因为是维护“天子之尊”，所以才不怕别人“口语多怨”。但作事优柔寡断，缺乏应变才能。有景帝的信任和重用，晁错自以为有恃无恐，孰料他的政敌竟使用很高明的手段，将其所恃变为所害。袁盎则不然，他比晁错要会看风使舵，他中伤人总能抓住要害。下面就他们所作的二三事进行比较。

在文帝时，袁盎不过是刚入仕的郎中，在文帝身边为侍从。这时绛侯周勃因平定诸吕，拥立文帝，志骄意满，而文帝也因周勃功高，礼之甚恭。袁盎借机向文帝进言道：“丞相（周勃）何如人也?”文帝对周勃正怀感激眷恋之情，便回答道：“社稷臣。”袁盎说：“绛侯所谓功臣，非社稷臣。社稷臣主在与在，主亡与亡。吕后时，诸吕用事，擅相王，刘氏不绝如带。是时绛侯为太尉，本兵柄，弗能正。吕后崩，大臣相与共诛诸吕，太尉主兵，适会其成功，所谓功臣，非社稷臣。丞相如有骄主色，陛下谦让，臣主失礼，窃为陛下弗取也。”自此以后，周勃的处境就不妙了，不得不辞相就侯位。然而在周勃被人诬告而抓进狱中时，袁盎力言周勃无罪，这又就使周勃感激他，“乃大与盎结交。”一石双鸟，上下均不遭怨。还有一次，袁盎安排文帝宠幸的慎夫人的座位时，把慎夫人的座位安排在皇后之下，慎夫人生气，不肯坐，文帝也因此恼怒，竟不入位，带慎夫人回后宫。袁盎因此进言：“臣闻‘尊卑有序，则上下和’今陛下既已立后，慎夫人乃妾；妾、主岂可与同坐哉！且陛下幸之，即厚赐之；陛下所以为慎夫人，适所以祸之也。陛下独不见‘人彘’（指吕后将戚夫人手足砍去扔在猪圈事）乎！”这不但使文帝转怒为喜，也使慎夫人心服，另赐袁盎金五十斤。由此可见袁盎处事多能抓住要害，对当时的政治斗争看得也很清楚，晁错当然不是他的对手。

晁错与袁盎结怨，现大权在手，足以制袁盎于死地，便使吏按袁盎受吴王财物，将袁盎贬为庶人。不久，吴、楚等七国叛乱，晁错也深知袁盎是其内忧。内忧不去，外患难除。晁错便对下属说：“袁盎多受吴王金钱，专为蔽匿，言不反；今果反，欲请治盎，宜知其计谋。”希望下属为他查找袁盎的参加反叛的痕迹。当下属以“盎不宜有谋”为辞时，晁错便犹豫不决，难以当机立断，最终又因此走露消息，使袁盎有转危为安的机会。由此可见，晁错为人处事不如袁盎，其受袁盎之害也是必然的。

袁盎得知晁错欲加害自己，于是托正受景帝眷爱的外戚窦婴为其引见，得以于深夜见到景帝，从容进言。景帝正为吴、楚反叛忧不能眠，与晁错在一起商议军事，见到原来为吴相的袁盎，自然话题就是此事。政敌在场，袁盎若不抓住景帝的心理，非但不能免祸，反而会给晁错以口实，故需相当高的技巧。当景帝问吴、楚反叛之事时，袁盎马上回答：“不足忧也，今破矣！”一下就将景帝注意力吸引过来。景帝说：“吴王即山铸钱，煮海为盐，诱天下豪杰，白头举事，此计不百全，岂发乎！何以言其无能为也?”袁盎得知景帝所虑，便为其释疑说道：“吴铜盐之利则有之，安得豪杰而诱之！诚令吴得豪杰，宜且辅而为谊，不反矣。吴所诱皆无赖子弟、亡命、铸钱奸人，故相诱为乱。”这种分析与晁错所估计相同，故晁错说：“盎策之善。”这就更使景帝关心如何平吴而向袁盎问计。袁盎见景帝入彀，便让景帝屏开左右，将晁错也屏开，得以单独进言。这样作虽招来晁错甚恨，但生死成败在此一举，袁盎只有孤注一掷了。袁盎说："吴、楚相遗书，言高皇帝王子弟各有分地，今贼臣晁错擅适诸侯，削夺其地，以故反，欲西共诛错，复故地而罢。方今计独有斩错，发使赦吴、楚七国，复其故地，则兵可毋血刃而俱罢。"实际上袁盎这种估计是完全错误的，七国兵已发，犹如离弦之箭，想要收回是不可能的；再者，即使能收回，结怨已深，七国还怕朝廷日后以此报复，势本不能息。这主要是袁盎害晁错以求自安。景帝听了袁盎的话，沉思许久，居然说："顾诚何如？吾不爱一人以谢天下。"于是，这位忠心于景帝，而自恃景帝为后台的晁锗，便被景帝定为灭族了。而晁错尚不得知，其被捕杀时，还穿着朝服。

袁盎陷害晁错，使用的就是趁火打劫之计的制造忧患，趁其内外交迫而灭之的手法。于内，他知道君主所关心的是自己的安全和江山万世一系，借此抓住景帝的私心，使景帝的侥幸心理萌发，进而使晁错所恃失去，而内忧生矣。于外，他得知晁错为景帝策划削藩，因与晁错有怨，故意隐瞒吴国实情，使晁锗对此问题估计不足，实际上是借外力以反晁错。内外相攻，晁错内忧外患俱至，终被灭族。虽然后来景帝发觉杀晁错是失策之事，也不好再为晁错平反，因为平反就意味着对自己的否定，君主是不肯承当其过的，这正是袁盎的高明之处。

勾践卧薪尝胆趁火打劫灭吴国

公元前494年，吴王夫差兴倾国之兵，取水道伐越。吴、越两军在夫椒（今太湖椒山）会战，吴国一举打败越国军队。勾践带领五千余残兵败将逃于会稽山上遂被夫差以重兵围困。在万般无奈之际，勾践只好接受文仲“卑辞厚礼”向吴求和的建议，演出了一场韬略的戏剧。

勾践三战灭东吴

为了取信于吴王，勾践先派文仲携带美女宝器，贿赂了夫差的宠臣伯嚭，让伯嚭在夫差面前进言，允许越国求和；随后带上妻子和范蠡等人，作为人质，来到吴国首都会稽，在夫差先父阖闾大墓房的石屋里，为夫差当马夫。勾践精心侍奉夫差，夫差每次外出，都由勾践牵马；夫差病了，勾践不但送茶送饭，端屎端尿，而且口尝夫差拉下的粪便，以确诊其病情的阴阳寒热。勾践的行动，终于赢得了夫差的信任，于公元前491年将他释放回越国。

勾践当着夫差的面，忠心耿耿，忍屈受辱，但骨子里却雄心未泯，时刻不忘复仇大业。他返回国后没有回到王宫，而是到农民中间询问疾苦，与有才之士共商大计。为了鞭策自己，他卧薪尝胆，过着百姓的生活，励精图治，为富国强民煞费心机。同时他还向吴国年年进贡，还挑选、训练了西施等绝色佳人送给夫差，以麻木吴国对越国的戒备。就这样，勾践双管齐下，使本国日渐振兴。

后来，吴国名将伍子胥被杀害，国内又遭严重旱灾，连螃蟹、水稻都干死了，国内一片混乱的景象，百姓怨声四起。恰在这时，吴王夫差又北上，和中原各国诸侯在黄池盟会，国内空虚，越王勾践趁火打劫，亲自率兵数万，彻底打败了吴国。吴王夫差被困在阳山，最后掩面自杀。

越王勾践从失败中吸取教训，忍辱负重二十年，又能在夫差得意忘形之际，在适时的时间里抓住机会趁火打劫，一举消灭了吴国。此举堪称多计并用，也是趁火打劫之计的妙用，毕竟这场“火”让勾践等了二十年。

王莽趁火打劫立女为后

“趁火打劫”术在军政活动中，先要制造一种“气氛”，即烧起对方之“火”，然后“趁火打劫”。

西汉末，王莽就这样，制造“环境”，将女儿立为皇后。

王莽为政时，汉平帝只有十几岁，没有成亲。他想把自己的女儿嫁给汉平帝。他女儿当上皇后，他的地位就会越发巩固了。

有一天，他向太后建议：“皇帝即位已三年了，还没有立皇后，现在应该操办此事了。”

皇太后一听，当然应允。达官贵人都想把自己的女儿嫁给皇帝。王莽心想，许多女孩都比自己的女儿强，不费心思，是当不上皇后的。

他于是亲见皇太后，说：“我无功无德，女儿才貌也平常，请您下令不要让我女儿入选吧。”太后没有看他的真意，反觉他“真诚”，就下诏：“安汉公（王莽的封号）之女，乃是我娘家的女儿，就不用入选了。”

这一道诏书，反而突出了王莽的女儿。反而引起了朝野的同情。不少人为王莽的女儿说话。甚至要求把王莽的女儿选为王后。这样气氛出现之后，王莽反派人去劝止，越劝，说情的越多。太后无法，只好收回诏书让王莽的女儿入选。

王莽抓住这个时机，假惺惺地说："应从征召的女子中，挑选最合适的人，立为皇后。"引得朝廷的大臣们力争："立安汉公之女为皇后乃是人心所向。"王莽看到时机已成熟，不再推辞。不久，王莽之女选入汉宫，立为汉平帝皇后。

王莽为自己的女儿争立皇后事件，就是在制造气氛中，"趁火打劫"，一举成功的。

李兑趁火打劫困杀赵武灵王

赵武灵王为赵国一代英主。通过实行"胡服骑射"，使赵国迅速强大起来。但在其晚年，因在王位继承问题上犯下错误，而终至惨死。

赵武灵王在实行"胡服骑射"成功之后，于周赧王十六年（前299年）传位给王子何（即赵惠文王），而自称主父，北出燕代，灭中山，又西入窥秦。

少子何是赵武灵王所宠爱的吴娃所生之子，爱屋及乌，因喜其母而爱其子，把原已立为太子的长子公子章废掉，而改立少子何，为使少子何能巩固王位，又提前传位。不想吴娃不久死去，屋不存焉，乌将何及？在这种情况下，赵武灵王又可怜起长子公子章来，认为废他有些对不住他。在传位三年后，赵武灵王把东安阳（今河北阳原县境内）封给公子章，称为代安阳君，并派田不礼为辅佐，准备征服代地而封公子章为代王。本来公子章就不服其弟为王，此时有实力在手，其不臣之心顿增。这时在赵国还有一大政治势力，就是公子成。公子成是赵武灵王的叔叔，在赵武灵王欲改胡服骑射时，他持反对意见，赵武灵王亲至其家说服，可见其有相当的势力，何况他手下还有一位谋士李兑。

公子成的谋士李兑清楚地看到赵武灵王的内忧，便找到相国肥义游说道："公子章强壮而志骄，党众而欲大，殆有私乎？田不礼之为人也，忍杀而骄。二人相得，必有藻阴贼起，一出身徼幸。夫小人有欲，轻虑浅谋，徒见利而不顾其害，同类相推，俱人祸门。以吾观之，必出不久矣。子任重而势大，乱之所始，祸之所集也，子必先患。仁者爱万物而智者备祸于未形，不仁不智，何以为国？子奚不称疾毋出，传政于公子成？毋为怨府，毋为祸梯。"肥义也心知此事之棘手，但以"昔者主父以王属义"为由，不肯将辅政之权出让，而准备以身迎难。异日肥义对左右说："公子章与田不礼声善而实恶，内得主而外为暴，矫令以擅一旦之命，不难为也。今吾忧之，夜而忘寐，饥而忘食，盗出入不可以不备。自今以来，有召王者必见吾面，我将以身先之，无故而后王可人也。"而李兑与公子成却早已作好事变的准备。

公元前 295 年，赵主父与赵惠文王出游至沙丘（今河北巨鹿县境内）时，公子章与田不礼诈称赵主父之令召赵惠文王，准备借此时杀掉赵惠文王。不想肥义先来，便先杀掉肥义。因没有除掉赵惠文王，赵惠文王的部下便与公子章混战起来。就在这时，早已准备好的公子成和李兑，"乃起四邑之兵人距难，杀公子章及田不礼，灭其党贼而定王室。"于是，公子成为相，封号安平君；李兑为司寇，封号奉阳君。公子章在初败时，走奔沙丘宫去投主父，主父开门纳之。公子成和李兑就派兵围困沙丘宫，等公子章被杀死之后，公子成和李兑认为："以章故，围主父；即解兵，吾属夷矣！"便围住主父不放。"主父欲出不得，又不得食，探雀彀而食之，三月余，饿死沙丘宫。"这时赵惠文王年少，公子成和李兑专权，尔后李兑又为相，长期专断国政。

在赵主父因继承人问题上发生困祸而犹豫不决

时，公子成和李兑抓住赵主父的内忧，不失时机地发起进攻，这就是使用了趁火打劫之计的敌有内忧，趁其难以自全而攻之的手法。如果公子成和李兑在攻杀公子章以后，就此罢手，则是劫而不全，其难免失去已经得到的利益。他们坚持围杀主父，最终才得到全胜。亦可见使用这种手法的变化，非善于掌握时机是难以获全胜的。因为劫而夺之是在别人难以自顾之时，被劫者当然不甘心情愿，如果让被劫者有还手之力，必然以死相拼。所以在使用此种手法时，关键要掌握“刚决柔”的根本，失此将难获成功。

曹操趁乱定河北

汉献帝建安七年（202 年）袁绍自从官渡大败之后，羞愧愤恨不已，发病吐血不止。夏季，五月，袁绍去世。

袁绍有三个儿子：袁谭、袁熙、袁尚。袁绍后妻刘氏偏爱袁尚，经常在袁绍面前称赞袁尚。袁绍想让袁尚作自己的继承人，但没有明说，就把长子袁谭过继给自己已死去的哥哥，让他离开邺城，去担任青州刺史。沮授劝阻袁绍说：“世人常说：一万个人追逐一只野兔，一个人捉到后，其他人即使贪心，也全停止下来，这是因为所有权已经确定。袁谭是您的长子，应当做继承人，而您却把他排斥在外，灾祸将由此开始。”袁绍说：“我想让儿子们各自主持一州的事务，以考察他们的能力。”于是，他委派次子袁熙为幽州刺史，外甥高干为并州刺史。

夺冀州袁尚争锋

逢纪、审配一向被袁谭所忌恨，辛评、郭图则拥护袁谭，而与逢纪、审配有矛盾。等到袁绍死后，大家都认为袁谭是长子，打算拥立他继承袁绍。审配等人恐怕袁谭掌权后，会受到辛评等人的报复，就假传袁绍的遗命，遵奉袁尚做袁绍的继承人。袁谭自青州赶来奔丧，不能接替父亲的职位，就自称车骑将军，驻军黎阳。袁尚拨给袁谭很少一部分兵力，还派逄纪随军前去监视袁谭。袁谭请求再增加兵力，审配等人商议后又予以拒绝。袁谭大怒，杀死逄纪。秋季，九月，曹操渡过黄河，进攻袁谭。袁谭向袁尚求救，袁尚留审配守邺城，亲自率军去救袁谭，与曹军对抗。两军交战数次，袁谭、袁尚连续失败，只好退守营寨。

建安八年（203 年）春季，二月，曹操进攻黎阳，与袁谭、袁尚在黎阳城下展开大战，袁谭、袁尚败走，退回邺城。夏季，四月，曹操大军追到邺城，收割了邺城周围田地里的小麦。曹军将领都提出要乘胜攻打邺城，郭嘉说："袁绍生前喜欢这两个儿子，没能决定让谁作继承人。如今，他们权力相等，各有党羽辅佐。情况危急，就相互援救；局势稍有缓和，就又会争权夺利。不如先向南进取荆州，等待他们兄弟内讧，然后再进攻，可以一举平定。"曹操说："好！"曹操回到许都，留部将贾信驻守黎阳。

袁谭对袁尚说："我的部下铠甲不够精良，所以先前被曹军战败。现在曹军撤退，上下将士，人人思归，在他们未完全渡过黄河以前，出兵追击，可使他全军溃散，这种时机，万万不可错过。"袁尚疑心袁谭另有打算，既不增加他的兵马，也不肯给他部下更换铠甲。袁谭大怒，郭图、辛评乘机对袁谭说："使已故袁公把你过继给哥哥的，全是审配的主意。”袁谭就率军进攻袁尚，在邺城门外大战起来，袁谭战败，率军退回南皮。

袁谭的别驾、北海人王修，率领官吏和百姓从青州来援救袁谭。袁谭打算再次进攻袁尚，王修劝阻说：“兄弟之间的关系，好比是人的左、右手。假如一个人要与别人争斗，先砍断自己的右手，还说‘我一定能胜’，难道对吗？抛弃兄弟而不亲近，天下还有谁能亲近？那些进谗言的小人，离间别人的骨肉，只是为了追求眼前的一点小利，希望您塞住耳朵，不要听信。如果能下决心杀掉几个奸佞小人，与兄弟重相和睦，齐心协力，抵御四方，可以横行于天下。”袁谭不听。袁谭部将刘询在漯阴起兵，背叛袁谭，各县城纷纷响应刘询。袁谭叹息说：“如今全州都起来叛变，莫非是我缺少恩德吗？”王修说：“东莱郡太守管统，虽然远在海滨，但这个人不会反叛，一定前来追随。”又过了十余天，管统果然抛弃家眷来投奔袁谭，他的家眷被叛军杀死。袁谭又委任管统为乐安郡太守。

袁尚亲自统帅大军进攻袁谭，袁谭大败，逃到平原，据城固守。袁尚团团围住，连续猛攻。袁谭派辛评的弟弟辛毗到曹操那里求救。

刘表写信劝袁谭说："君子遇到危难，也不会逃到敌国；即使与人绝交，也不会进行辱骂。何况忘掉使你父亲羞愤而死的深仇大恨，抛弃兄弟的手足之情，作出这种万世都会引以为戒的事情，使同盟之人都为你感到耻辱。如果袁尚有不尊重兄长的傲慢举动，你也该委曲求全，以大局为重。等到大局已定，再由天下人来评论曲直，不也是高风亮节吗？"刘表又给袁尚写信，说："金、木、水、火四种物质，以刚柔互配，才能相辅相成，为人所用。袁谭天性急躁，不能明辨是非，你器量宽弘，包容他还绰绰有余，应当以大容小，以优容劣，先除去曹操，以了却你父亲的遗恨。等到大事已定，再来评论谁是谁非，不好吗？如果执迷不悟，则连不讲礼义的外族人都会讥笑你们，何况我们这些盟友，还会再尽力为你作战？这正是韩卢狗和东郭兔互相追逐，先行自困，而耕田老农不劳而获故事的再现！"袁谭、袁尚都不听刘表的劝解。

辛毗到西平拜见曹操，转达袁谭求救的请求。曹操部下官员多认为刘表势大，应当先消灭刘表，袁谭、袁尚自相残杀，不足忧虑。荀攸说："目前，正是天下英雄争霸之机，而刘表坐守江、汉之间，可知他胸无大志。袁氏家族占据四州之地，有兵马数十万，袁绍以宽厚而得民心，假如他的两个儿子和睦相处，共守已有的基业，则天下灾难，仍不能平息。如今他们兄弟相争，势不两立，如果一个人吞并了另一个人，则力量就会集中起来，力量集中后，再想进取就困难了。应该乘他们相持不下时动手夺取，天下就可以平定了。这个机会难得，不能失去。”曹操表示同意。

过了几天，曹操又打算先平定荆州，让袁谭、袁尚自相残杀，两败俱伤后再下手。辛毗观察曹操脸色，知道他又改变主意，就去告诉郭嘉。郭嘉报告曹操，曹操问辛毗说：“袁谭求救一定可信吗？袁尚是一定能被攻克吗？”辛毗说：“您不必问是否有诈，只应看整个形势的发展变化。袁谭、袁尚兄弟相争，并未考虑到别人会乘机利用，只是认为天下可由自己平定。如今，袁谭向您求救，表明他已走投无路；袁尚看到袁谭陷入困境，却不能一举攻破袁谭，说明袁尚也已智穷力竭。他们的形势是军队在外战败，谋士在内被杀，兄弟内讧，土地割裂，连年征战，将士的甲胄里都长出虱子。再加上旱灾与蝗灾，造成饥荒，天灾人祸，上下交应，百姓无论智慧或是愚笨，都已知道袁氏统治将要土崩瓦解，这正是上天要灭亡袁尚的时机。如今您去攻打邺城，袁尚不撤军回救，则邺城不保；袁尚退军，则袁谭会在后夹击。以您的军威，对付穷困之敌，进击疲惫之军，犹如疾风去吹秋叶一般。上天把灭袁尚的时机赏赐给您，您却不去进攻袁尚，而要讨伐荆州。荆州地区百姓安居，官府富强，没有机会可供您利用。从前仲虺说：‘敌人有内乱则夺取，敌人有覆亡迹象则侵入。’如今，袁氏兄弟不顾长远大局，而自相攻击，可称为内乱；居民饥饿，行人无粮，可称为覆亡的迹象。黄河以北的百姓朝不虑夕，性命全无保障，而您不立即去安抚，却要等到以后。以后如果赶上丰收，袁氏兄弟又醒悟到已濒于危亡，而痛改前非，则您就将失去用兵的机会。现在，利用袁谭求救而去援助，对您是最有利的。而且您的敌人，没有比占据黄河以北的袁氏更强大的了。您平定黄河以北后，军威大盛，足以震动天下。”曹操说：“对！”于是，答应出兵救援。

冬季，十月，曹操进军到黎阳。袁尚听到曹军渡过黄河的消息，解除对平原的包围，撤回邺城。袁尚部将吕旷、高翊背叛袁尚，投降曹操。袁谭又暗中刻好将军的印信，送给吕旷、高翔。曹操知道袁谭并非真心归降，便为儿子曹整聘娶袁谭的女儿为妻，以安袁谭之心，然后，曹操班师回朝。

建安九年（204年），曹操围攻邺城，八月城破，审配被杀。

曹操围攻邺城时，原已归降曹操的袁谭又背叛曹操，攻取甘陵、安平、勃海、河间等地。袁谭又进攻据守中山的袁尚，袁尚抵挡不住，败走故安，投奔幽州刺史袁熙。袁谭将袁尚的残部全部收编，回军驻扎龙凑。曹操写信给袁谭，责备他违背誓约，与他断绝婚姻关系，把已嫁给自己儿子曹整为妻的袁谭女儿送回后，出军讨伐袁谭。十二月，曹军到达其门，袁谭自平原撤出，退守南皮，在清河沿岸布防。曹操进入平原，派军占领周围诸县。

建安十年（205 年）春季，正月，曹操进攻南皮，袁谭率军出战，曹军伤亡惨重。曹操准备稍微减缓攻势，议郎曹纯说：“如今，咱们孤军深入，难以持久，如果进不能攻克敌城，一后退就会大损军威。”曹操于是亲自擂动战鼓，命令部下猛攻，遂攻陷南皮。袁谭出逃，被曹军追上，杀死。

袁熙受到他自己部将焦触、张南的攻击，与袁尚一起投奔辽西郡的乌桓部落。

建安十二年（207 年），曹操出兵征讨乌桓，曹操出奇兵，乌桓大败。

辽东单于速仆丸与袁尚、袁熙投奔辽东郡太守公孙康，跟随他们的还有数千名骑兵。有人劝曹操乘势追击，曹操说："我将使公孙康送来袁尚、袁熙的人头，不必再劳师动众。"九月，曹操率大军从柳城班师。公孙康想要杀死袁尚、袁熙，作为对朝廷立下的功劳，于是先埋伏精兵在马厩中，然后请袁尚、、袁熙进来，他们还没来得及入座，公孙康召出伏兵，把他们捉住。于是斩杀袁尚、袁熙，连同速仆丸的人头一起送给曹操。将领中有人问曹操："您已退军而公孙康杀死袁尚、袁熙，这是为什么？"曹操说："公孙康一向畏惧袁尚、袁熙，我如果率军急攻，他们就会合力抵抗；稍一缓和时就会自相残杀；是形势使他们这样做的。"曹操把袁尚的头颅悬挂起来示众，号令三军："有敢于哭泣的，处斩！"牵招却独自祭奠，放声悲哭，曹操认为他是忠于故主的义士，推荐他为茂才。曹操从此平定了北方。

袁氏兄弟在袁绍死后，不齐心协力一致对外，反而自相残杀，曹操因此得以乘虚而入，趁火打劫，消灭了袁氏。

司马懿不攻公孙渊待其乱

魏景初二年（公元 238 年），司马懿率兵 4 万，包围公孙渊于襄平（今辽宁省辽阳市）。当时，公孙渊在兵力上多于魏军，但粮食缺少。魏军粮草充足，但攻城准备不足。加之天降大雨，平地积水数尺深，行动不便。司马懿分析，在这种情况下，如果魏军急于进攻，企图速战速决，就会迫使敌人凭借优势兵力作困兽之斗，使我徒增伤亡；或迫使敌人突围逃跑，使我劳而无功。相反，拖延一段时间，公孙渊缺粮日益严重，必然引起军心涣散，再战而胜之，魏军兵不钝而利可全。于是，司马懿既不急于求战，也不移营撤围，相持待机。

公孙渊兵败死襄平

为了不使敌军过早下决心突围，司马懿严禁袭击出城打柴、放牧的敌军，以此示弱，麻痹敌人。公孙渊认为自己兵多，又逢天降大雨，魏军无可奈何，便困守城中观望。就这样，双方在雨中相持三十多天没有交战。魏军中有些将领对这种与敌相安、围而不打的做法表示疑惑，司马懿对他们进行了耐心的解释。

城中粮尽，“人相食，死者甚多”。于是魏军起土山、挖地道，强弓劲弩，趁夜一举攻破襄平。公孙渊率残部弃城突围，于城外被魏军歼灭。

司马昭趁火打劫克寿春

司马昭被废帝曹髦封为大都督之后，大权在握。甘露二年（公元257年），司马昭派遣亲信贾充以慰劳为名，试探各地将军对他的反应。贾充领命，前往淮南（郡治在寿春）。淮南征东大将军诸葛诞设宴招待贾充，酒至半酣，贾充道：“洛阳各方人士，都愿意皇帝禅让，你的意见如何？”诸葛诞早已看不惯司马昭的专权，此次见贾充为司马昭篡夺帝位而来试探自己，便厉声骂了他。贾充回到京师，便对司马昭说：“诸葛诞在淮南，颇得人心，时间一长，必定成为您的隐患，不如现在征召回京，夺其军权。诸葛诞接到命令，如果不肯回来而谋反，您可趁早除掉他。”

司马昭觉得贾充说得很有道理，便来了个明升暗降的办法，擢升诸葛诞为司空，命他速回京师就职。

诸葛诞本已对司马昭控制朝廷怀有戒心，此时接到诏书，更是惴惴不安，一面聚集两淮武装十余万人，和扬州新收编的兵马四五万人，一面屯积粮草，准备在寿春（今安徽寿县）固守。诸葛诞又派长史吴纲把自己的幼子诸葛靓送到东吴国作为人质，自愿作吴属臣，并请求东吴派兵援助。东吴大喜，封诸葛诞为寿春侯，派将军全怿、全端、唐咨、王祚率军3万，由魏国降吴的将领文钦为向导，援救寿春。

司马昭得悉后，亲自统帅各路大军26万浩浩荡荡开往寿春征讨诸葛诞。大军刚开往寿春，由于围城不严，使得文钦、全怿等率领的东吴军从城东北角突入城内，司马昭便命镇南将军王基督军严密合围。一开始，王基等人屡次请求攻城，司马昭认为，寿春城池坚固，守军众多，如果实施强攻，伤亡一定很大，万一东吴再派援军前来，正好腹背受敌，这是危险的策略。惟有紧围城池，打退援军，叛贼才能擒获。果然，东吴又派朱异率领3万人马进屯安丰（今河南固始东南），作为寿春城的外援。于是司马昭一面命令王基等从四面加强对寿春的包围，一面又命奋武将军石苞统帅的兖州、徐州两路军马击溃了朱异援军。不久，东吴大将军孙琳亲率大军要解救寿春，失利引兵退回建业（今江苏南京市）。司马昭见外援已去，派人四下传播谣言：“魏国围城大军粮草不继，可能就要解围了。

诸葛诞等信以为真，对粮食就不加以限制。不久，城中开始缺粮，而援军迟迟不到。诸葛诞的心腹蒋班、焦彝两位将军向诸葛诞建议：“城中缺粮不能久守，不如乘现在军心稳定，与魏军决一死战。不能全胜，也比坐守待毙的强。”文钦则反对孤注一掷，蒋、焦二人坚持自己的意见，双方争执不休。诸葛诞大怒欲杀蒋班、焦彝，二人恐慌翻墙出城，投降魏军。这时城内吴将全怿的侄儿全辉、全仪从老家建业带着他们的母亲投奔司马昭的大军。

司马昭采用了黄门侍郎钟会的计谋，以全辉、全仪名义写了一信送入城内全怿等人手中，说东吴因为没有取得寿春而大为恼怒，要杀尽他们在建业的家人，所以才逃跑出来。全怿、全端率领千余人马开城投降。寿春城内人心开始摇动。诸葛诞开城突围，一连五六天，死伤累累，血流盈堑，文钦、诸葛诞只得退回城中。寿春城中粮食快要吃完，文钦建议，为了节省粮食，把原住居民送走，只留下诸葛诞军和东吴援兵坚守待援。诸葛诞不听，于是两人之间互相怨恨，互想猜疑。一天文钦去诸葛诞那儿磋商公事，诸葛诞二话没说，就杀死了文钦。其子文鸯、文虎闻父被杀，出城投降魏军。

魏军吏要求把他们处决，司马昭说：“城未攻破，若杀降将，会让城里守军顽抗到底。”遂赦免文鸯、文虎，并赐关内侯。二人绕城大喊：“我二人尚且被魏大将军赦罪赐爵，汝等为何还不及早投降！”城内军心大动，加之饥饿，都有投降之意。

司马昭亲自到城边观察敌情。城上守军手里拿了箭却不发射。司马昭对众将说：“可以攻城了。”于是魏军鼓噪攻城。寿春城终于被攻破。诸葛诞被杀。吴将唐咨、王祚也都投降了魏军，魏军取得了最后胜利。由于司马昭指挥有方，没有实施强攻，因而以较小的代价换取了决定性的胜利。

拓跋圭趁火打劫乱燕军

东晋时，北方的鲜卑族建立了后燕和北魏政权。后燕为鲜卑慕容氏，北魏为鲜卑拓跋氏。

燕主慕容垂于东晋太元二十年 5 月，派太子慕容宝、赵王慕容麟，率兵 8 万进攻北魏。

魏主拓跋圭采纳部下建议，决定先“示弱避其锐气，骄纵对方，待敌疲劳后再打”。他率部落西渡黄河，远远地避开燕军。

后燕军至五原时，降服了北魏其余部落，将战利品尽放于黑城（呼和浩特市西北）。然后，兵临黄河，并砍木造船，准备南渡。此时已是9月，拓跋圭这才在黄河南岸摆出迎战的架势。

慕容宝好容易才造好船只，一夜暴风，竟有几十条渡船刮到南岸。北魏兵截住渡船，擒燕士卒三百多人。为了表示虚弱胆怯，又全数遣返。

一天，拓跋圭的伏兵擒住了后燕的使者，一审问，才知燕主慕容垂得了重病，太子慕容宝心中挂念，派人回去深望。拓跋圭欣喜异常，决定用此机会，采用攻心之策，使后燕军混乱。从这天起，拓跋圭即命人于路上，把回燕都的使者全部截获，一一押在军营。

慕容宝不时派人回京问候，但始终不见一人回还，数月不知父王消息，焦虑万分。这一天，派出的使者们突然出现在河岸上，高声呼告慕容宝：“你父已死，何不早归！”

这无异于晴天霹雳。顿时，慕容宝六神无主，全军将士惶惶不安。慕容麟的几个部将以为燕王真的死了，竟然密谋废太子，拥立慕容麟，被太子查知斩首。慕容宝与慕容麟之间因此互相猜忌。

为防有变，慕容宝下令撤军。他烧毁了所有渡船，见黄河水尚未封冻，遂不留断后部队。岂料一夜之间，气温骤降，河面立刻封冻。拓跋圭率二万精兵越过封冻的冰面，人衔枚，马束口，悄无声息地在参合陂（今内蒙丰县）追上了燕军。

天明之时，燕军准备拔营赶路，猛听得山上鼓角齐鸣，仰首望去，只见无数魏兵正从山腰冲下来。燕军士兵双腿发软，各自逃命。前有大河，后有追兵。初冻的黄河经不住众多人马的一再践踏，冰面碎裂，狂奔的燕兵竟有无数人落入水中。慕容宝率领残兵败将逃回国，见到父王慕容垂方知中了拓跋圭的诡计，后悔莫及。

趁火打劫黄巢起义

黄巢系曹州冤句县（今山东荷泽县西南）人。祖辈靠贩卖私盐，家财富有。黄巢年轻时喜爱读书，屡次应进士考试，被抑不得及第；曾练过击剑骑射，武艺颇佳；乐于扶危救急，收养过各地来投奔的逃命人，很有豪侠之气。在他成年后，继承祖业，贩卖私盐。盐是民众的生活必需品，价贵也得购买。朝廷为取得巨额盐利，实行官卖；规定各种苛法，禁止私盐。为了争夺巨利，上有政策，下有对策，朝廷出卖官盐，豪强出卖私盐，双方斗争异常激烈。凡是敢和朝廷争利贩卖私盐的人，必须结交一批伙伴合力行动，还必须有一定的计谋和勇力，否则就会在朝廷的严刑苛法下破产甚至丧命。贩卖私盐的规模越大，上述条件也越应具备。黄巢就是在贩卖私盐的实践中，增进了自己的智慧和能力，并加深了对朝廷的了解，这些东西一旦运用于起义的指导之中，就使黄巢比其他起义领袖谋高一筹。

“安史之乱”以后，黄河流域陷入战乱之中，江南成了朝廷租税的惟一榨取地，民众负担剧增。官逼民反，公元761年，袁晁在台州（浙江临海县）率众起义；公元859年，宁国人（安徽宁国县）裘甫又在浙东起义；公元864年，朝廷派往岭南西道（今广西南宁市）对付南诏兵的徐州军在庞勋的领导下作乱，自动从岭南打回徐州。这时，黄河中下游连年遭灾，赤地千里。唐懿宗咸通十四年（873），关东（指潼关以东）大旱，几乎颗粒无收，“天下百姓哀号于道路，逃窜于山泽，夫妻不相活，父子不相救”。但唐王朝置民众的生命于不顾，搜刮军费更加残酷。于是，关东民众担负起用大规模起义的方式反抗唐王朝腐朽统治的重任。作为失意士人和有势豪侠的黄巢，亲眼目睹了这一切。

于是，在王仙芝于唐僖宗乾符二年（875）在长垣（今属河南）起义后，黄巢也很快在冤句起义，响应王仙芝共同行动。

刘皇叔北海救孔融

王仙芝立名号为“天补平均大将军兼海内诸豪都统”并发布檄文，声讨朝廷任用贪官、赋税繁重、赏罚不平等罪恶，深得民众拥护，“民之困于重敛者争归之”，起义队伍很快发展到数万人，连克濮（今山东濮阳）、曹（今山东定陶）二州，击败天平节度使薛崇，攻入郓州，威震山东。淮南（驻扬州）、忠武（驻许州，今河南许昌）、宣武（驻汴州，今河南开封）、义成（驻滑县东）、天平（驻郓州，今山东东平北）等节度使所辖地区的民众也纷纷起义，大部有千余人，小部数百人，攻击州县。农民起义的烈火在关东地区呈燎原之势。

唐廷见状，急令上述五镇节度使加意防守本境，又以平卢（驻青州，今山东益都）节度使宋威为“诸道行营招讨草贼使”，指挥禁军300及五镇抽调的部分兵力，坐镇沂州（今山东临沂），镇压王仙芝、黄巢起义军。同时，组织地主武装，抵御民众起义。

黄巢、王仙芝率起义部队转战中原，连克唐朝百座城市，军威大振。后王仙芝兵败被杀，黄巢率其余部队进入江南，攻占两广及福建，动摇了唐王朝的经济命脉。乾符六年（879）10月，经准备后起义军开始北伐，意图直指两京，推翻唐王朝。

唐僖宗广明元年（公元880年）12月5日，黄巢的前锋部队进入长安，唐金吾大将军张直方率文武百官到灞上迎接义军，唐僖宗、田令孜带500名神策军和眷属向成都逃去。义军“甲骑如流，辎重塞途，千里络绎不绝”，声势浩大。长安城内外，民众夹路观看，尚让向民众宣告说：“黄王起兵，本为百姓，非如李氏不爱汝曹，汝曹但安居无恐。”义军士卒，遇贫苦百姓，即赠送财物；对唐宗室、权贵、富商则一抓就杀，没收他们的财产。

12 月 23 日，黄巢在长安即皇帝位，国号大齐，年号金统。他规定唐官三品以上停职，四品以下登记投降的留用（不问害民轻重）以尚让为首相，组成了起义军文武官与唐投降官混合的大齐朝廷。

金统三年（882）正月，唐廷重新调整部署，再次向长安进逼，从南、西、北三面对长安形成了包围。接着，又先后出现了对起义军不利的三件大事：粮荒、朱温叛变投唐，善于骑射、傈悍善战的沙陀兵参加攻打义军。

金统四年（883）正月，四万沙陀兵在李克用的率领下，由晋北出发渡过黄河进入同州朱温（投唐后改名朱全忠）所辖地，联合唐河中、忠武等镇后，在梁田陂一带与尚让的 15 万人大战，起义军牺牲数万，撤出战斗。李克用进逼长安。4 月 8 日，黄巢率军退出他曾呆了两年半的长安，经蓝田关（在今陕西蓝田县）、武关（在今陕西商南县）向东南而去，称要经过河南向徐州进军。

黄巢在河南蔡州（今河南汝南）打了一个胜仗，唐奉国军（驻蔡州）节度使秦宗权战败投降。转攻蔡州东北的陈州，黄巢的爱将孟楷牺牲。黄巢遂与秦宗权合兵围陈州，从 6 月一直围到次年（884）4 月，长达 300 天之久，进行了数百次战斗，攻占了几十个州县，付出极大的代价。当时河南大灾，树皮草根都已吃尽。在围攻陈州的300天期间，汴州刺史、唐宣武节度使朱温、忠武（驻许州）节度使周岌、感化（驻徐州）节度使时溥先后救援陈州，对黄巢也无可奈何。金统五年（884）4月，唐廷又把李克用调到战场，与朱温等一齐进攻义军。义军数战不利，乃解围向北面的汴州而去。5月8日，义军在汴州以西、中牟以北的王满强渡汴河，被追上的李克用半渡而击。尚让等义军将领投降唐军。黄巢率残部越过汴水，经封丘、匡城逃往兖州。唐军紧追不舍。黄巢率少数人逃入泰山，7月，被叛徒杀死。领导唐末农民起义达9年之久（875.6—884.7）的明星殒落了。最后，由朝廷的宣武节度使朱温，窃取了农民起义的果实，结束了唐朝的统治。

李自成乘机而入破洛阳

明朝末年，老百姓生活在水深火热之中，纷纷揭竿而起。公元1640年7月，张献忠率领农民起义军攻入四川，明朝主力大军全部入四川围剿，河南一带的防务变得十分脆弱。农民起义军领袖李自成趁此机会迅速壮大了自己的力量，并且连续取得攻克宜阳、偃师、新安等城池的胜利。

宜阳、偃师和新安属豫西重镇洛阳的外围。明朝福王朱常洵就住在洛阳。朱常洵的母亲是神宗朱翊钧的爱姬；朱翊钧爱屋及乌，对朱常洵也格外宠爱，把大量金银财物赏赐给朱常洵。朱常洵金银无数，却异常吝啬，不但洛阳城的百姓怨恨他，就是他府中的兵丁也时有不满。官府的军队大多抽调入四川去平定张献忠，洛阳城中已无多少将士，因此，洛阳城在这个特殊的时刻，变成了一座“兵弱而城富”的重镇。

李自成当然不会轻易放过攻取洛阳城的大好机会。公元1641年正月，李自成率起义军兵临洛阳城下，拉开了攻城的序幕。

生死关头，福王朱常洵竟只顾自己，调集亲兵保护府库，对于城头上的战事不闻不问。守城将领一再要求朱常洵发放银两，犒赏守城士卒；朱常洵狠狠心才拨出了三千两白银，可是，区区三千两白银还被总兵王绍禹等人吞没了。朱常洵忍痛又拨出一千两。士兵们因分配不均而争斗不止，最后竟发展成兵变。士兵们将兵备道王允昌捆绑起来，将城楼烧毁，又大开北门，迎接起义军入城。总兵王绍禹见大势已去，仓皇跳城逃命，福王也企图缒城逃跑，但没跑多远，就被起义军抓获。起义军打开福王粮仓赈济城内老百姓，举城一片欢腾。

李自成只用极小的代价就轻易地夺取了洛阳城。

李自成趁火打劫击毙孙传庭

关中、山海关之战，是明末农民起义军和明王朝、清军之间进行的战争。

1627 年，明末农民大起义爆发。1629 年，陕西米脂贫农李自成参加起义军。他智勇双全，很快被推为“闯将”、“闯王”，所部成为起义军主力。1641 年至 1642 年，李自成起义军与明军在中原地区展开了 5 次大战，连战连捷，不战而入襄阳。1643 年五月，起义军公推李自成为新顺王，改襄阳为襄京，建立起农民革命政权。

这时，形势对农民军非常有利。李自成起义军控制了河南全省和湖北大部、湖南北部地区；张献忠起义军于同年 5 月占领武昌，称大西王，也建立了农民革命政权，并向李自成通书称属，供助银饷。

明朝在河南 5 次惨败后，军力大为削弱，只存总兵吴三桂、左良玉、督帅孙传庭 3 支军队，尚有一定战斗力。但吴三桂远驻宁远，受清军牵制，无法抽调；左良玉屡遭歼灭性打击，不敢同起义军交锋；孙传庭实力削弱，退据关中，准备顽抗。起义军如继续歼灭明军残余力量，即可最后推翻明王朝。在此形势下，李自成采纳了顾君恩的建议，决定将主力转向豫西，准备西入关中。

正当李自成准备入关中时，明王朝命孙传庭向农民军发动大规模的进攻。本来，孙传庭认为农民军众至百万，供给困难，利在速战，故决心利用关中天险，“固守敝敌”，企图持久顽抗，伺机反扑。但明思宗朱由检不同意，命其总督陕西、山西、山东、四川、贵州、河南、湖广等7省军务，反守为攻，出兵河南，进据荆襄。

孙传庭被迫放弃原计划，集结10万大军，于1643年八月初六出潼关，部署如下：1、自率主力，以牛成虎为前锋，高杰为中军，王定、官抚民为后继，白广恩统“火车”营，趋洛阳，会合河南明军陈永福、卜从善部，转攻汝宁。2、命左良玉率兵自九江趋汝宁，夹击农民军。3、命四川总兵秦翼明率兵出商（今陕西商县）、雒（今陕西洛南）策应；企图三路合击，会攻汝、襄，歼灭农民军主力。但由于秦翼明不出商、雒，左良玉不离九江，只有陈永福、卜从善如期相会，结果形成孤军东进。

李自成分析情况，决定采取诱敌远离关中、陷敌孤立无援后聚而歼之的方针，将主力集中于襄城一带，并隐伏精锐，只以老弱迎战，诱孙军东进。农民军一再佯败，先后放弃阌乡、陕州、渑池、洛阳。他们在襄城、郏县间筑土城20余座，城门暗伏大炮；城前1、2里掘深堑以阻敌；骑兵列阵于城后机动。

吕温侯濮阳破曹操

孙传庭冒险轻进，九月初八进至汝州（今河南临汝）附近的长阜镇。这时，农民军将领李养纯叛变投敌，泄露了农民军后方在唐县、将吏屯宝丰、精锐尽聚襄城的情况。孙传庭于九月初十集中全力攻破宝丰，又分兵攻陷唐县，残杀农民将士眷属。

这时，李自成一方面深沟高垒，坚壁不战，以疲惫敌军；一方面派轻骑绕出敌后，截断了明军的粮道。

孙传庭为破城取粮，九月十四日攻占郏县，仅得骡、羊 2 百余头，很快吃光。接着连续 7 天大雨，明军更加饥疲不堪。九月二十一日，明后军哗变于汝州，溃逃潼关。

九月二十三日农民军开始反击，前锋以骑兵 3 队、每队 72 人，向屯于郏县东南的明军轮番猛攻。明将白广恩见势不利，率所部 8 千人不战而退，逃往潼关。明将高杰迎战失利，损失 3、4 千人。孙传庭企图转移到南阳一带就食，尔后相机再战，遂留陈永福军断后，自率大军南退。但前军一移，后军立刻大乱，陈永福制止不住，也随即撤退。

农民军除分兵一部追击白广恩外，李自成率主力猛追孙传庭。追到南阳时，孙传庭会同攻占唐县的明军回军还战。农民军列阵 5 重，明军突破 3 重；到第 4 重时，农民军的精锐骁骑全部投入战斗，一鼓作气，击败明军。明军的骑兵拼命向北逃跑，步兵则溃散四窜。农民军的骑兵乘胜猛追，一昼夜追击 4 百里，歼敌步骑 4 万余。孙传庭仅率少量残兵败卒逃至孟津，渡过黄河，退保潼关。

经过郏县一战，起义军扫除了西进关中的障碍。

孙传庭逃到潼关后，尚有残兵4万，决定由白广恩、高杰率兵守潼关，命陕西巡抚冯师孔率四川、甘肃兵守商雒。李自成率大军自洛阳直逼潼关，另派右营10万人自南阳出淅川，下商州，迂回入关中。

1643年十月初六，农民军主力进攻潼关，明军据险顽抗。李自成分军由南山迂回潼关背后，东西夹击，明军大败，孙传庭战死，白广恩逃往固原，高杰逃往延安，农民军占领潼关。十月初八，南路农民军攻克商州，冯师孔率残兵逃回西安。

占领潼关后，数10万农民军结阵西进，势如破竹，连克华州、渭南、临潼。十月十二日，南北两路大军会师于西安。冯师孔赶忙部署防御。但明军衣食皆缺，寡弱难敌。在西安的秦王朱存枢“富甲天下”，军士们要求他每人发1件棉衣，他竟不给，军心顿时瓦解。10月12日，农民军发起猛攻，冯师孔战败被俘斩，守将王根子开城投降，李自成进入西安。

多尔衮趁火打劫入中原

明朝末年，李自成领导的起义军攻陷京城，崇祯皇帝跑到万寿山，在一棵老槐树上自缢而死，李自成自称为帝。当时，起义军在京城内到处抄没明朝大臣的宅院，抢掠富贵人家的财宝，搜抓皇亲国戚及其余党，搞得人心惶惶，鸡犬不宁。

李自成称帝后，将明将吴三桂的爱妾陈圆圆接进宫去，而后又将吴三桂的老父吴骧关押起来，以此威胁吴三桂投降。

吴三桂乃明朝名将，统领数十万人马镇守边关，抵御满族的入侵，此时接到父亲发来的劝降书，得知李自成已在京都称帝，定国号为“顺”，自忖大势已去，意欲归降，正在回信写降书之时，有逃难的家僮从京城赶来，吴三桂得知后，立刻传见。

吴三桂问：“家里的情形怎样？”

家僮大放悲声地说：“老大人已经被下进了大牢。”

三桂开始不以为然地说：“这无妨，我这一封书信过去老人家立刻就会出狱的。”

三桂又淡淡地问：“夫人呢，她现在何处？”

家僮顿时禁住了哭声，嗫嚅着说不出话来。

三桂一见此情，心中焦躁，厉声喝问道：“她究竟怎样，你可照实说来，我不怪你，倘若有半句假话，我定不饶你。”

家僮一边拼命叩头，一边涕泪横流地说：“是小的们不中用，没能保护好夫人，夫人早已于半月前被叛军抢去，现关押在李自成的宫中。”

“气死我也！”吴三桂怒发冲冠，拍案而起，“嗖”的一声拔出剑来，“呛啷”将书案劈下一角。

“夺妻之仇，押父之恨，此仇此恨不报，枉为人世。不杀李自成誓不为人！”

吴三桂把将原本已写好的降书撕得粉碎，然后重新铺开纸张，他在给吴骧的信中写道：“父既不能为忠臣，儿安能为孝子？……”

此时的吴三桂已经把国家大业弃置脑后，心里头想的都是如何报一家之私仇了。

他一边操练人马，准备回师讨伐，一边暗地进行部署和谋划。风闻闯王有雄兵四十余万，猛将如云，谋士如雨，自己只有十余万大军，兵力单薄，未必是闯军的对手，怎么办？

被仇恨之火煎熬得失去了理智的吴三桂，把救助的目光瞄向了昔日的死对头，自己领兵为将以来一直与之死战的满清军队。

那时满清顺治帝即位，因年方七岁，一切军机大事皆由摄政王多尔衮做主。多尔衮见中原烽火不断，明王朝与太平军正在火拼，早就想趁火打劫，混水摸鱼了，只是慑于吴三桂精兵十万镇守边关，因此一直未敢轻举妄动。

这一天，多尔衮听说吴三桂来访，他对中原发生的事情也了解个大概，约摸猜测出吴三桂的来意，心中大喜，立刻传令以嘉宾之礼召见。

多尔衮见吴三桂额头紧锁、愁眉不展，便明知故问地说："吴将军驾临，不知有何见教？"

吴三桂经过一翻痛苦的内心交战后，终于横下一条心，宁可落个万世骂名，也要先解心头之恨，于是便直截了当地说："明清两国，世通修好，当年清国内部自相侵扰，我明朝也曾发兵相助过。今日明朝不幸，盗贼横行，京都沦陷，君王晏驾，百姓涂炭，此仇此恨，不共戴天，勤王起师，原是我辈本分，怎奈兵微将寡，难挡乌合之众。清国如尚念邻邦之谊，亦应举国发兵，助我一臂之力。"

多尔衮久欲入侵中原，只是苦于边关有精兵悍将当道，如今，非但面前关隘皆除，且自己竟成堂堂正义之师，内心狂喜。但脸上却故现难色，推搪拒绝地说："贵国内乱，按说应尽邻邦救援之谊，只是我国国小兵弱，恐救助不成，于事无补，将来反自受其累，落得千古骂名。此事本军乃力所不及，实难如愿，请将军多谅解。"

吴三桂苦苦哀求着说："贼军虽然人数很多，但都是些乌合之众，只要贵国肯出兵相助，无不奏凯之理。”

但多尔衮不轻易松口。

这样谈谈扯扯，转眼已是半月，多尔衮虽然嘴上一直未说出兵，但暗地里却早已开始秣马厉兵，进行作战的准备了。

待一切都已备妥之后，多尔衮才假惺惺地说：“既然将军连番数次恳求，本帅亦被将军忠心所感动，不管我国有多大困难，都以邻国之难为己难，决定出兵相助。”

吴三桂闻言大喜，立即回来收拾兵马，与多尔衮的清军合兵一处，浩浩荡荡穿过山海关，向着中原大举杀来。

行至一片石积如山的地方，清军与闯军相遇，双方进行了激烈的搏杀。战斗结果，闯军大败，清军乘胜追击，几天之间便直捣京城。李自成只好弃城西遁，清兵占据了京城后，完全把当初相助的许诺抛到一边，竟然大大方方当起皇帝来，从此中原大好河山，尽归满人之手。

李自成领导的闯军被平定之后，清军又挥戈向着明朝的官兵杀来，血屠扬州七日，杀得满城老幼无存。再血洗嘉定，将一城男女全部屠戮，明王朝的遗臣或被收买，或被杀害。中原人民罹难之惨，牺牲之多，死伤之重，均为史所罕见。

至此，吴三桂见大罪铸成，已经悔之晚矣，他也只好为虎做伥，成为清军阵前的一个马前卒。当大好河山尽归清兵之后，清王朝怕他谋反，将他封了平西王，让他偏安于一隅，做他的地头蛇去了。

多尔衮给史可法的信中说："国家之抚定燕京，乃得之于闯贼？非得之于明朝也。"

在我国历史上，这是最为典型的趁火打劫的一例。

曾国藩趁火打劫进攻太平天国

正当太平天国西据武昌，东破敌人江南江北大营，形势稳固，革命向前发展时刻，领导集团滋长了严重的享乐思想，腐败现象十分严重，影响了团结，例如：

洪秀全把清朝两江总督的衙门扩为天王府，拆毁了大批民房，动用了成千上万的无偿劳力；东王府在修建时也尽毁附近民居，开拓地基，穷极工巧，骋心悦目。这种劳民伤财的工程，与当时紧张的战争气氛极不相称。而且太平天国内部从天王到士兵之间都建立了森严的等级制度，君臣上下有了天渊之别。天国诸王侯相都是世袭，连称呼、服饰、仪卫舆马等都有明确规定。洪秀全自比独一无二的太阳，天下万国之主。天王外出，必有轿夫 64 人，东王 48 人，最下的两司马也有轿夫 4 人。各王出行，军民必须回避道旁，高呼万岁或千岁，否则要受到惩处。

此外，领导内部生活也变得奢侈腐朽起来。天国各王都沿袭历代封建王侯的嫔妃制，除正妻之外，再立嫔妃。规定天王有嫔妃 88 人，宫女千名；东王以下递减。天王离宫鸣金乘马，张黄罗伞盖，女侍从数十人；东王出宫，有开路龙灯、仪仗、鼓乐，甚至连吃饭时也要奏乐鸣炮。各级王侯的子女，也按其父王的官位别有称呼，如称七千斤、六千斤，不许混叫。

生活上的腐化，随之而来的是权力名位的追求和派系之争。先是杨秀清，自比政府头脑，滥用权力，专横跋扈，欺压臣属。甚至发展到借用天父下凡附体杖责洪秀全，逼洪秀全封他为万岁，这件事成为了天京悲剧的导火线。

1856 年 8 月，杨秀清又借天父下凡附体，令洪秀全到东王府封他为“万岁”。洪意识到杨在夺取皇位，便密令韦昌辉和石达开分别从江西、湖北前线回京采取行动。韦昌辉素与杨秀清有隙，接到密令即带兵 3000 星夜奔京。9 月 2 日迅速包围了东王府，杀杨秀清及其眷属、侍从、亲兵数千人，连婴儿也没有放过。接着又扩大事态，捕杀“东党”，使天京死难者达 2 万多人。石达开回京后，责备韦昌辉杀人太多。韦昌辉感到石达开是他夺权的障碍，想谋杀石达开。石闻讯坠城逃出天京，韦昌辉竟把石达开一家杀害，并指挥叛军围攻天王府。韦昌辉的暴行，激起了天京官兵的愤怒，受蒙蔽的韦昌辉的部属也多觉醒，在洪秀全的命令下，合朝同心，把韦昌辉及其羽党 200 多人一举诛灭，天京变乱终于平息。

石达开逃出天京后，即调 4 万人马从武昌东来，指名要韦昌辉的人头。至宁国时，洪秀全将韦昌辉的人头送上，并请石达开回京总理国事。但洪秀全因天京的变乱，对异姓王不完全信任，他把庸碌无才的家兄洪仁发、洪仁达封为安王和福王主持军政，对石达开进行监视和遏制，这使石达开很难立足。为避免第二次天京变乱和洪秀全的加害，石达开负气带领数万将士离天京出走。6 月，到达安庆。在安庆，他逗留了 4 个月，纠集精兵良将 20 余万，决心率兵远征，永不回还。石达开的独立行动，客观上形成对太平天国的大分裂，严重地影响了革命事业的发展。

石达开率军出走后，仍然尊奉天王，坚持对清军作战。但终因脱离革命中心，无所依托，被敌人多次包围，屡受挫折。他先是转战江西、浙江、福建、广西、湖南，然后突入四川，再折回云南……部队连连失利，频频损兵折将。1859年，实力已去其半。

1863年5月14日，石达开仅率四五万军队进入四川，在大渡河紫打地（今石棉县安顺场）被清军和土司军围困，伤亡惨重，部下只剩7000余人，且已弹尽粮绝。石达开率军左冲右突，企图强渡大渡河，均告失败。身处如此绝境，眼望滚滚河水，遥望当年雄姿，石达开不由得声泪俱下，愧疚交加。他已下定必死之心，幻想“舍死救三军”，愿以身受“斧钺交加”和“身首分裂”，来换取敌人对部下的“赦免杀戮”。他写信给清军总兵唐友耕，请不要杀他的部下，只杀他一人。唐假装答应。石达开随带5岁的儿子石定忠于6月13日昂步走进敌营，结果上当受骗。清军夜袭石营，有

陶恭祖三让徐州

2000多将士被惨杀。石达开也于6月25日被押送到成都，凌迟处死。临刑前他视死如归，神色坦然，不愧为太平天国的忠臣义士。被害时只有33岁。

太平天国领导集团的内讧，给革命带来极其严重的后果，它损伤了革命的元气，使整个战局出现不利形势，太平军丧失了乘胜歼灭清军的有利时机。腐败导致失败，这是留给后人的惨痛教训。

曾国藩借太平天国内乱之机，率领湘军大肆反扑，太平天国的大好形势急转直下，1856年底，武昌、汉阳陷落，湖北全部丢失，江西大部分地区也被清军攻占。

但是，当时各地人民群众的抗清斗争还在发展，全国的形势对太平天国仍然有利。尤其是英法联军乘中国内战，挑起第二次鸦片战争，清廷被迫调兵抵御，限制和削弱了全国对抗太平天国的力量。这些有利于太平天国度过事变后的危机。在太平天国内部，洪秀全提拔了与清军血战多年的将领陈玉成为前军主将，李秀成为后军主将，李世贤为左军主将，韦俊为右军主将，蒙得恩为中军主将兼正掌率，随后又封杨辅清为中军主将，新的领导核心的形成，是太平天国转危为安、转败为胜的一个重要关键。

1858年8月，陈玉成、李秀成会集各路将领，在安徽枞阳镇（桐城县东南）召开军事会议，决定采取联合作战方针，同心协力解除清军对天京的包围。10月，太平军横扫苏北清军，攻克扬州、六合。太平军从此彻底摧毁了清江北大营，使它再也没有能够恢复。11月，陈玉成又率军取得三河大捷。三河大捷是太平军在皖北战场上一次转折性的战略胜利，皖北危局迅速扭转，失地收复，后方暂得安宁，为以后消灭江南大营提供了有利条件。1860年4月，陈玉成、李秀成、杨辅清等合兵一处，捣毁江南大营，使太平天国衰而复振，为太平军进军江浙创造了条件。但是，暂时的胜利远远不能弥补太平天国在皖北战场和天京上游的损失，1861年9月5日，天京的重要门户安庆陷落，天京上游已无屏障。曾国藩的湘军掌握了军事上的优势，完全地控制了长江，至此，天京的陷落已不可避免。第二次鸦片战争结束后，中外反动势力勾结起来，共同向太平天国发动了进攻，苏州、杭州、宁波先后失陷。1862年，湘军曾国荃部进围天京，1864年4月，天京成为一座孤城。洪秀全于1864年6月1日病亡，7月19日天京沦陷，成千成万的将士惨遭敌人屠杀，轰轰烈烈的太平天国革命就这样悲壮地结束了。

太平天国在军事上节节胜利的大好形势下发生内

乱，导致实力遭到了很大削弱，是最后失败的主要原因。

艾滋病带来大商机

八十年代初期，美国大地卷起了一股可怕的“黑旋风”——艾滋病！当时任何药物都治不了性接触后可能带来的恐怖后果——死神的光临。既想保持开放的性观念，又怕见上帝的美国人后来发现，有一种小玩意能够有效的抵挡死神的进袭，那就是避孕套。

而当时由于美国国内长期没有大量生产避孕套，现在市场需求突然猛增，自然得不到满足。这时，远在东半球这一边，嗅觉敏锐的两名日本商人发现了这种情况，立即在最短的时间内，开动本公司的机器，加班加点，生产大量的橡胶避孕套，成批成箱地火速运往美国市场。

一时之间，美国众多的代销店便门庭若市，熙熙嚷嚷，两亿多只避孕套很快销售一空。

艾滋病这把“火”，烧得美国人人心惶惶，纷纷抢购避孕套，造成市场供应紧张，价格上涨。而日本商人瞅准时机，趁火打劫，狠狠地捞了一把。所以，高明的企业家，应目光敏锐，洞察秋毫，抓住战机，迅速出击，从而才能在商战中大获全胜。

占先机发明牛仔裤

如今年轻人穿上一条牛仔裤，信步走在街上，不会引起什么遐想。你可知，美国靠牛仔裤发家的斯特劳斯公司，当时为了千方百计适应顾客需要，颇费了一番心血。

开始，牛仔裤是为适应矿工需要而生产的。挖金矿的矿工们经常抱怨穿着普通的衣服下矿既不耐穿也不方便，斯特劳斯听多了矿工们的这些抱怨，就产生了开设制衣厂的念头。

为了迎合矿工们追求廉价、耐穿的需要，他把人们通常用来制作帐篷的、当时在市场上滞销的厚帆布拿来做料子，制成裤子向矿工推销，竟被抢购一空。以后，他又进一步研究矿工们的需要，不断改良裤子，以投矿工们的所好。

矿工们觉得裤子耐穿好是好，但帆布裤穿起来毕竟不太舒适，他便将裤子的面料改成原棉布。以后，他又织成一种蓝色经线、白色纬线的纯棉布做牛仔裤的料子。后来，人们又对这种布料进行了水洗、石磨等后处理，便制成了现在这种更加舒适耐穿的水洗石磨蓝牛仔裤。为使矿工们装工具方便，他又在原有裤子的基础上，尽量多的增加裤袋。矿工们觉得裤子的后袋因常用来装置工具而容易脱落，他便把后裤袋的缝线改用金属钉子把它钉牢。

这个故事给人们这样一个启迪：企业的经营秘密在于，一定要紧紧盯住市场，根据社会上的各种风气，人们的需要这一把“火”；来研制、开发和生产新产品，这样企业一定会长盛不衰。

小报纸趁火打劫出奇招

美国《检查者报》的广告，出奇制胜，令人难以忘怀。

《检查者报》曾经在电视上做了这样一则广告：

电视画面推出旧金山电报大楼塔顶的特写。画外音：

“我们正在重复伽利略的试验，以证明究竟是这台电视机重，还是这份报纸——《检查者报》重。”

接着，一位著名的报纸出版商将一台电视机和一份报纸同时从塔顶扔下。报纸落下时，竟把人行道撞出个大洞，而电视机仅仅跳了几下。反复试验结果引起人们普遍的争论。

一家电台就试验结果发表了5篇措辞激烈的评论，甚至让记者重复这个试验，以验证事实。这件事在美国引起不小反响，不仅地方电视台给予了报道，连《纽约时报》和国家广播电台也报道了此事。

结果，《检查者报》被世人广泛认识，发行量一升再升。

这则广告可称出奇制胜的杰作。它以违背现代社会最普遍的科学常识为突破口，而引起人们对《检查者报》的注意，实在是一个大胆的、富于创造性的构思。

趁火打劫巧用提示法

在生活中我们常常看到这样的现象：一位打算戒烟的人在碰到同事问他吸不吸烟的时候，可能回答吸烟，也可能回答不吸烟。但是当同事把烟从口袋里掏出来说："喂！吸烟吧！给你一支。"这种时候，他很可能嘴上说："我准备戒烟了"，但在同时，手却不由自主地伸了过去，显然，同事的明确提示起了作用。

提示法在生意经营活动中，特别是在买卖谈判中经常被运用。著名演说家黄士基同志就有过这样的叙述：

李傕郭汜大交兵

“某年夏天，我出差到杭州，在一家小文物商店，看着柜台里的各种折扇。一位女营业员，大概看出我是外地人，就主动地说：‘同志你要哪一种扇子，杭州的檀香木折扇是本地的特产，尤其是带有坠子的女式折扇，制作是很精美的，外地的同志到杭州来，大都买上一把带回去赠给亲人作纪念，有人还买上好几把。这种小折扇扇起来有阵阵的檀香味。你要哪一把？’看来我是非买一把不可了。”

“话还未说完，营业员就拿出好几把让我挑选。她还怕我不买，又追加一句：‘这些小折扇价格很便宜，都在一元上下。’我拿起一把扇子扇，的确有阵阵檀香。其实不扇，那间小文物商店就有浓郁的檀香味。那时我刚刚离开学校，独自一个人在外地工作，虽然没有亲密的女友，也买了一把女式折扇。”

可见，在买卖谈判中，卖方的主动而强烈的提示，使购买欲并不强烈的买方不由自主地发生了购买行为。提示可以诱导人的行为，是因为人容易接受提示。卖方应及时“趁火打劫”主动出击诱导其购买欲望。如此生意就好做了。

臭豆腐趁火打劫香飘四海

人的思维很奇怪，越是不让干的事，他们就越是要干，例如不让吃的东西越是要吃，不让看的电视或书籍，想尽办法了要看几次或读几遍，这种心理就叫逆反心理。商场中，商人们常利用这种心理作诈。

有家豆腐店，做了许多豆腐，就是卖不出去，扔掉又可惜，吃又吃不了那么多，怎么办才好呢？他们也想不出什么好办法，只好放在那里。几天后，刚好有个行乞的来到店门口，伙计们拿了几块豆腐说，好几天了，不知还能不能吃，随之闻到一股臭味。那乞丐管不了许多，狼吞虎咽吃了下去，越吃越有味，嘴里还说，真香，真好吃，吃完了几块还要吃。瞧那津津有味的样子，伙伴们便煮了几块试一下，果然味道真香。他们灵机一动，立即贴出海报：“快来买呀，最新配方，又香又美的臭豆腐哟！”消息在左邻右舍传开后，很多人都想试一试，几天前积压下来的豆腐一抢而光。此后，他们故意把新鲜豆腐藏了起来，几天后才拿出来卖，天长日久，臭豆腐便名扬四海。

为什么新鲜的豆腐无人问津，而发酵变质的臭豆腐成了抢手货？这就是逆反心理在作怪。新鲜的豆腐谁都吃过，什么味道人人皆知，而臭豆腐许多人没有尝过，都说闻起来臭，吃起来香，于是就想亲身体验一下，豆腐店的生意就此扶遥直上。

其实，臭豆腐并不是人人都喜欢吃的一种好吃的食物，它的口感极差，而且有时会使胃引起不适，关键是人们的逆反心理接受了它，使它成为一种神秘色彩很浓的商品，越臭人们越愿意感受一番。

商家此时应“趁火打劫”，紧盯市场，根据人们需要这一把“火”来研制、开发和生产新产品，必定能够大大捞一笔。

趁战乱三菱发横财

1973 年 3 月，扎伊尔发生了叛乱。这件事，对于远隔重洋的日本企业，似乎没有多少意义，但日本三菱公司的决策人员却没有放过这一信息，他们经过分析认为，与扎伊尔相邻的赞比亚是世界重要的铜矿生产基地，有可能受到叛乱的影响，对此不能掉以轻心。

于是，三菱公司的决策人员命令情报人员密切注视叛军的动向。不久，叛军向赞比亚移动。公司总部接到这一情报后经过分析，预见到叛军将切断交通，由此必将影响到赞比亚铜矿的输出，从而影响世界市场上铜的价格。

三菱公司经过推断，果断地作出决策，大量收购市场上的铜。而当时，叛军尚未切断交通，市场上的铜的价格没有太大的波动。三菱公司趁机低价购进了大量的铜，待机卖出。

果然，后来叛军切断了交通，每吨铜价上涨了60多英镑，三菱公司将先前购进的铜卖出，赚了一大笔钱。

三菱公司乘扎伊尔发生叛乱之机，劫了一笔横财。其成功的关键就在于公司决策人员多谋善断，从信息情报中寻找“火”源，并科学推断，从而将一般人所不曾留意的信息变成了财富。

百事可乐趁火抢市场

自从班伯顿药师于1886年配制出可口可乐的秘方，可口可乐渐渐深入人心，成为美国家喻户晓的饮料品牌。

1915 年，可口可乐公司推出包装战术，将可口可乐的生产和销售推向顶峰。一种最新设计的、容量为 6.5 盎司的细颈圆腹瓶登台亮相。这种瓶子一出现就表现出它无以伦比的魅力。用这种瓶子装可口可乐，与原包装相比，不但显得体积大、容量多，而且便于手握。配合着新包装的上市，公司采取了轰炸式的广告宣传，可口可乐的销量出现了前所未有的好势头，更加巩固了它在全美饮料行业的霸主地位。这种新瓶子被可口可乐公司看作有史以来最完美的设计。

可口可乐公司的事业蒸蒸日上，大有走遍天下无敌手的派头。

斗转星移，20 多年过去了，一件令可口可乐公司意想不到的事发生了。可口可乐公司发现，自己化费多年心血创来的江山，却被百事可乐轻易地分享。1939 年，百事可乐以“一样价格，双倍享受”的价格战术，一举击中了可口可乐的要害。用 5 美元，买可口可乐只有 6.5 盎司，买百事可乐却有 12 盎司。

对消费者来说，购物时价格是第一位的，其次才是品质。百事可乐公司成功地利用了消费者的购物心理，不能不说是棋高一招。强大的广告宣传，不但打击了对方宣传了自己，而且使百事可乐一举成名。

百事可乐公司的这一招，真可谓一箭双雕。使可口可乐公司陷入进退两难的境地。如果采用消价的办法，那么市面上数不胜数的自动贩卖机中的可口可乐将无法处理；如果增加容量，则必须放弃大约10亿瓶6.5盎司装的可口可乐。

百事可乐脱颖而出，超过了露西可乐和胡椒博士，直逼可口可乐的王座。

本世纪60年代，在“百事新生代”的战略引导下，百事可乐公司推出一个又一个的新创意，将可乐争霸战引向高潮。

“喝百事可乐，永远是年轻一族。”

“百事可乐，是生龙活虎的新生代。”

百事可乐企图借自己的“新”，以反衬可口可乐的“沉旧”、“落伍”。

1983年，百事可乐公司以500万美元的代价使天王巨星迈克尔·杰克逊成为自己的广告明星，此举一出，震撼世界。然后又请出来诺·李奇、唐·强生、蒂娜·托娜及麦当娜等一连串的巨星上台表演，使百事可乐的声势如日中天。百事可乐公司使出浑身解数，终于在1985年底夺得了可乐世界的王位。

然而1985年过后，可口可乐依然是可乐市场的老大。

50年来，百事可乐使出浑身解数，仍未能彻底打赢这场战争。不过，百事可乐的总裁罗杰·恩瑞说：

“战争不一定得你死我活。”

恩瑞接着说，持续的战争，旨在维持大众的好奇心，只有这样，两家公司才能不断地推出新招，招数越多，喝可乐的人就越多。两家经过“火并”使竞争双方都获利，有利于双方相互促进、各自发展。

“XY”公司乘虚而入，产品占领国际市场

柔道亦称“柔术”，是日本人吸收中国的摔跤技术结合日本武技而创造的一种运动。将柔道战略用于商战，是指用攻其不备、乘虚而入的手段抢占市场，最终击败对手。在所有志在占领市场或使自己在市场居领先地位的战略中，企业家的“柔道战略”可以说是风险最小而最容易成功的一种。美国花旗银行在德国开办家庭银行，不到几年时间，就在德国消费者金融业务中取得了统治地位。他们运用的战略，就是“乘虚而入”的柔道战略。德国的银行家们虽然也知道普通的消费者有一定的购买力，能成为银行的客户，但他们认为，大银行向来是为工商界和富有的投

杨李董承双救驾

资者服务的，为普通消费者服务不免有损大银行的尊严。花旗银行正是抓住德国金融市场的薄弱环节，创办家庭银行，专为个人消费者服务，经营消费者所需的业务，一切手续都使消费者感到便利。虽然德国银行有极强大的势力，有遍布在每个城市商业区的众多分支机构，但花旗银行所办的家庭银行只花了 5 年左右的时间，就占有了全德国消费的银行业务。

一般来说，有 4 种极普遍的陈旧观念，使后来者能够运用柔道术击败阵地坚固、历史悠久的对手，而取得市场领先地位。一是不重视别人的新发明，不注重开发新产品。例如，早在 1947 年，美国贝尔实验室就发明了晶体管，尽管人们很快认识到晶体管必将代替电子管，但没有一家美国大型电气公司采取行动。当时国际上毫无名气的“XY”公司钻了空子，仅花 2.5 万美元就从贝尔实验室购得技术转让权。两年之后，“XY”公司就推出首批便携式半导体收音机，与市场上同功能的电子管收音机相比，重不到 1/5，成本不到 1/3。3 年之后，“XY”占领了美国低档收音机市场。二是“从牛奶中提取奶油”，只想寻求利润最高的部分。美国施乐复印机成为日本模仿者轻易击中的目标，原因在于施乐的经营战略，集中在一次买许多台或者买昂贵的高效能复印机的大户，对其他零散用户虽不拒绝，但不愿花费力气，觉得划不来。由于得不到满意的售后服务，或根本没有服务，较小的用户最后都跑到施乐的竞争市场中去了。

亚默尔公司趁火打劫占商机

70 年代中期，美国亚默尔肉食加工公司，根据报载一则消息，打了一场抢时间争速度的漂亮仗。

1975 年的一天，美国一家报纸登了一则小消息：

在墨西哥发现了一种疑似瘟疫的病例。这条消息没有引起世人注意，因为墨西哥是异国他乡，那里发生的事对美国影响不大。

美国亚默尔公司老板见了这消息后认为机会来临：墨西哥真的发生瘟疫，一定会从加利福尼亚州或得克萨斯州边境传染到美国，而这两个州是美肉食供应的主要基地。到时肉食供应一紧张，肉价就飞涨，这正是自己大做肉食生意的良机。

于是，老板先是派出私人医生赶往墨西哥实地考察，证实了那里确实发生了瘟疫。然后果断作出决策，集中了公司所有资金，派人去加利福尼亚州、得克萨斯州，采购了大量牛肉和生猪，并迅速运到美国东部，储藏起来，使公司掌握了大量的冻类食品。这一举动在旁人眼里不可思议，因为一旦失败，公司将造成巨额亏损。

但正如亚默尔公司老板预料的那样，墨西哥的瘟疫很快便蔓延到美国西部边境。为了防止瘟疫扩散，美国政府下令禁止从这几个州外运食品，包括可制成食品的猪、牛、禽类。于是，美国国内肉类奇缺，价格上涨。亚默尔公司由于事先加工储备了大量肉食，短短几个月内就净赚900多万美元。

这一事例说明，在商业竞争中，谁能抓住良机，争取时间，先发制人，谁就赢得了主动。亚默尔的决策者，善于应用“兵贵胜”的谋略，以超人胆识，抓住即将出现的市场需求新动向，果断行动，抢先夺得市场优势。从这个意义上说，孙武“兵贵胜，不贵久”的谋略，也是引导商家走向成功的阶梯。

第六计 声东击西

【原文】

敌志乱萃[①]，不虞[②]，坤下兑上之象[③]。利其不自主[④]而取之。

【注释】

①敌志乱萃：《易·萃》卦："象曰：萃，聚也。""象曰：乃乱乃萃，其志乱也。"乱萃，混乱的样子。敌志乱萃，谓敌人心志不齐。

②不虞：《易·萃》卦："象曰：泽上于地，萃。君子以除戎器，戒不虞。"意谓处于危险境地，人们不可不防，所以要准备、管理好武器，以备不测。不虞，意料之外的事情；或解释为没有准备。

③坤下兑上之象：《易》的萃卦为坤下兑上。坤为地，兑为泽。孔颖达正义："泽上于地则水潦聚，故曰泽上于地，萃也。"意谓处于危险境地。

④不自主：因心志混乱而拿不定主意，不能形成统一有力的指挥。

【译文】

敌方指挥不当，已经陷入不能继续作战的厄境，犹如水位暴涨，随时有溃决之险，败局已定。

要利用敌方失去控制力的时机将其消灭。

【按】西汉，七国反①，周亚夫②坚壁不战。吴兵奔壁之东南陬③，亚夫便备西北。已而，吴王精兵果攻西北，遂不得入。此敌志不乱，能自主也。汉末，朱儁④围黄巾于宛⑤，起土山以临城门，鸣鼓攻其西南，黄巾悉众赴之。儁自将精兵五千，掩东北，遂乘虚而入。此敌志乱萃，不虞也。然则声东击西之策，须视敌志乱否为定。乱，则胜；不乱，将自取败亡。险策也！

【注释】

①七国反：西汉景帝三年，以吴王刘濞为首的胶西王卬、楚王戊、赵王遂、济南王辟光、淄川王贤、胶东王雄渠联合发动的叛乱，后被周亚夫率军讨平。

②周亚夫（？——公元前一四三年）：沛（今江苏沛县）人，太尉周勃子。初封条侯。文帝时，为防匈奴入侵，驻军细柳（今陕西咸阳西南），治军严谨。

景帝时，任太尉，平定吴楚等七国之乱，升为丞相。后因牵连入狱，绝食死。

③陬：隅；角落。

④朱儁（？——公元一九五年）：字公伟，东汉会稽上虞（今属浙江）人。历任交趾刺史、谏议大夫、右中郎将。因镇压黄巾起义有功，进封西乡侯、右车骑将军、光禄大夫，更封钱圹侯，位列九卿。后为太尉，录尚书事。

⑤宛：治所在今河南南阳。

【译文】

西汉景帝时，吴、楚等七国联合叛乱，汉将周亚夫却固守城中，坚不出战。当吴军向围城东南角落发起进攻时，他便下令加强西北方向的守备。不久，吴王果然派出主力进攻西北，因其有备，终归失败。这是指挥者坚毅沉着、不为敌方所惑的战例。东汉末年，朱儁围攻黄巾起义军于宛城。他先在城外筑起小山以便观察敌情，然后擂鼓下令，指挥部队向宛城西南方向发起佯攻，黄巾军便仓皇拼凑兵力集中于西南防守。于是朱儁亲率五千主力，出其不意，猛攻东北，攻进城去。这是黄巾主将临战之时、方寸已乱，无法应付突然事变的战例。从以上二例看来，运用声东击西计谋，必先观察敌方指挥官的意志而定。当敌志混乱时，用计便能成功；否则，反有战败之虞。所以，这的确是一条险策啊！

【计名探源】

“声东击西”一词是逐步形成的，其思想可见于许多古籍。

“欲其西，袭其东。”（吕尚《六韬·文韬·兵道》）

“今荆人起兵将攻齐，臣恐其攻齐为声，而以袭秦为实也。不如备之，戍东边。荆人辍行。”（《韩非子·说林上》）

“声言击东，其实击西。”（杜佑《通典·兵典》）

“凡战，所谓声者，张虚声也。声东而击西，声彼而击此，使敌人不知其所备。则我所攻者，乃敌人所不守也。”（刘基《百战奇略·声战》）

【评语】

“声东击西”其义谓：我方声称击东，实际上为攻西，即打即离，制造假象，从而巧妙地使敌方作出错误的判断，然后乘机一举将敌歼灭。语出《通典》卷一五三《兵》六：“声言击东，其实击西”及宋代张纲的《华阳集》卷十五《乞修战船札子》：“况虏情难测，左实右伪，声东击西。”这一计谋必须以敌方的判断失误为前提，若敌方不被假象所迷惑，将计就计，其铖害大矣。

古人认为，运用声东击西这一计谋，必须视敌方指挥的意向而定。当敌方的意向混乱之时，运用此计便能成功；否则，却有战败之虞。所以，这的确是一条险计啊！

【战例】

诺曼底登陆战役

第二次世界大战中，美英联合舰队进行的诺曼底登陆作战，是一次具有战略意义的战役，目的是为了开辟打击德国法西斯的第二战场。实施此次战役的美英联合舰队有 5000 艘舰只，17.6 万人的部队和 2 万辆军车。为使这样一个大战役取得成功，联军采取了声东击西的谋略；为使这一谋略取得成功，联军采取了一系列行之有效的乱敌心志的措施：在登陆地点的选择上，避开了距离英国最近、运输便利、便于空军支援的加莱地区，而选择了其距离三倍于加莱的诺曼底地区（前者距离 39.6 公里），后者约 140 公里）；

建立假无线电网，谎称在英格兰东部有美军“第一集团军群”，并故意使德军无线电技术侦察部队侦获破译，以便使德军错认为这是美英联军在加莱登陆的主力；在英国东部各港口设置大量假登陆舰船和物资器材堆集场；美英空军对加莱地区施行更为猛烈的轰炸，投弹量是诺曼底地区的三倍；登陆前夕，派出飞机和舰只对加莱和科坦丁半岛实施佯攻；通过反情报系统和法国地下抵抗组织在德国占领区散布美英联军将在加莱登陆的假情报，等等。这一系列措施，使德军对诺曼底地区放松了戒备，而只注意加强加莱地区的防御，在那里配置了最精锐的第 15 军团 23 个师，而在诺曼底却只有 6 个师和 3 个独立团。在美英联军开始进攻诺曼底时，德军甚至仍然认为那只是牵制和佯攻，未能及时增援该地区。由于美英联军成功地使用了一系列欺骗手段，达到了“敌志乱萃”的目的，因而得以顺利实施“声东击西”的谋略，迅速攻占并巩固了登陆阵地，取得了此次战役的胜利。

触龙声东击西说服赵太后

那是公元前 265 年的战国时代，赵惠文王驾崩，其子赵孝成王继位，因其年幼，其母赵太后代成王执政。秦国见有机可乘，发兵攻打赵国。赵向齐国求救，齐国答复道要让长安君作人质，才能出兵。

长安君是赵太后最宠爱的小儿，说什么也不让他去齐国当人质。但“救兵如救火”，大臣们不能坐视赵国灭亡，纷纷向赵太后陈述利害。结果，太后大怒，拍案告诫众臣：“有复言令长安君为质者，老妇必唾其面。”

三十六计之声东击西

众臣强谏失败后，左师触龙来见太后。太后以为他又要讲人质之事，正满脸怒气地等着他。

“老臣病足，曾不能疾走，不得见久矣，窃自恕。而恐太后体之有所苦也，故愿望见太后”。触龙的一席问候语，使太后蓄足的怒气释放了一半。

触龙与太后拉起了家常，问起她的饮食起居，并介绍起自己的养身之道。太后开始和颜悦色起来。

触龙说，他最爱自己的15岁的小儿子，希望在他未死之前托太后找个工作。这下有了共同语言：

“丈夫亦怜爱其少子乎？”太后问。

“甚于妇人。”触龙煞有介事地说道。

“妇人异甚。”太后辩解道，步入触龙的圈套。

触龙开始收拢绳套，说老臣以为你其实更爱姑娘而不是小儿子。太后自然竭力反对。

触龙步入正题：“父母爱子，则为之计深远。”为儿子的将来考虑才是真正的爱。你是流着泪把你的姑娘远嫁给燕王，为的是好有子孙相继为王，是真正的爱。

太后情不自禁地答道：“是这样。”

触龙不慌不忙，问太后：“从现在往上溯，三世以前，在赵国的王侯贵戚，他们的子孙有继承王位的吗？”

太后摇头道：“没有。”

触龙说，不仅赵国如此，诸侯国也是这样。你把自己的小儿子封为长安君，但却没有让他有功于国，等你百年后他能保持自己的地位吗？你对他考虑太近，所以我说你对他不如对你姑娘爱得深。

太后恍然大悟，马上送长安君去齐国当人质，赵国终于得救了。

古人云：欲速则不达。赵太后在强秦压境之时，本已手足无措。而大臣们又没有冷静替她着想，而是软硬兼施逼她以长安君为质，结果引起赵太后反感。而触龙之所以能说服赵太后，采用了迂回的方法。先是不忙点题，从问安、拉家常开始，使她解除对自己的戒备。然后以“男子也爱儿子”为话柄，引出赵太后爱长安君的话题，再比较她对燕后与长安君爱的不同，迫使太后承认自己爱长安君不及爱燕后那样计远，最后使太后心甘情愿地让长安君出质于齐。请看，别的大臣单刀直入，想走近路，结果把事情弄僵了。触龙绕了一个大弯子，虽费了不少口舌，却很快达到目的，这不也是一个典型的声东击西的事例吗？

赵高声东击西害李斯

李斯是楚国上蔡人。年轻时，做过郡的小官吏，看到官吏宿舍厕所中的老鼠吃粪便，一见人或狗接近，总是惊恐万状。李斯进入粮仓，观察仓库中的老鼠，吃着囤积的粮食，住在周围宽大的廊檐底下，不见有人或狗接近的骚扰。对此李斯不禁感叹道：“人的有出息没出息，犹如老鼠啊，只在于自己所处的环境罢了。”李斯乃从荀卿学习帝王之术。学成之后，开始走向政治角斗场。

李斯走向何方呢？纵观当时形势，楚国是贵族的天下，没有他立足涉身的机会；而其他国家固然有可谋之机，但又弱小，很难有建功立业的机会；此时秦王有吞并天下之志，国力又强；于是李斯作出西行入秦的决定。

一个不知名的外乡人，来到一个陌生的国度，怎样才能使自己这个“久处卑贱之位，困苦之地”的人进入高贵富足之乡呢？李斯权衡之后，不得不采用峰回路转的手法，迂回地向秦王身边靠拢，率先找门路投到吕不韦门下充当舍人。

当时，秦王嬴政年少即位，大权操在相国吕不韦手里。如果李斯直接找门路靠近秦王，一定会引起权势正热的吕不韦的忌恨，以吕不韦当时的能力，铲除李斯易如反掌。投靠吕不韦固然可得到一定的地位，改变困苦的生活，但要为显贵而成其大志，则是不容易的。为不招吕不韦忌恨，也为在此能有机会见到秦王，李斯投靠了吕不韦，并得到吕不韦的信任，升任为郎。郎为侍从之职，官虽不大，但可以接近秦王，这正是李斯的本意。李斯借接近秦王之便，将自己所学的帝王之术向秦王倾诉，使秦王为之心动，先授长史，后拜客卿，开始他的奔向富贵之路。

秦始皇统一六国，李斯也荣升丞相，达到人臣之极。在一次迎接自己长子、三川守李由的家宴上，“百官长皆前为寿，门庭车骑以千数。”睹此盛况，李斯不无感叹地说道：“嗟乎！吾闻之荀卿曰：‘物禁大盛’。夫斯乃上蔡布衣，闾巷黔首，上不知其驽下，遂擢至此。当今人臣之位无居臣之上者，可谓富贵矣。物极则衰，吾未知所税驾也！”其保位固贵之心越来越强烈，这就给人以可乘之机。

公元前 210 年，秦始皇外出巡游，病死在沙丘（今河北巨鹿县境内），因秦始皇在死前没有把继承人定下来，这就给赵高谋立胡亥留下可乘之机。拥立新主大事，作为丞相的李斯是至关重要的人物，赵高不得不找李斯谋议。赵高所采用的也是声东击西之计的峰回路转，以可为而不为曲而得之的手法。

首先赵高对李斯讲：“定太子在君侯与高之口耳。”说明李斯和他在这次安排继承人所起的决定作用。李斯惧祸，乃推脱道：“安得亡国之言！此非人臣所当议也！”貌似恼怒，实是心虚。于是赵高将李斯与太子扶苏的亲信蒙恬相比，使李斯知“此五者皆不及蒙恬”。然后以“君侯终不怀通侯之印归于乡里

黄石月下授书

明矣”相威胁，迫李斯就范。

其次，在李斯就范之后，将自己所考虑的计谋披露，在李斯尚有顾虑之时，赵高乃说：“今释此而不从，祸及子孙，足以为寒心。善者因祸为福，君何处焉？”在利与害的面前，使李斯妥协了，竟然仰天而叹，垂泪叹息，成为赵高的俘虏。

再次，赵高在册立胡亥成功，居中用事，以“沙丘之谋，诸公子及大臣皆疑焉，而诸公子尽帝兄，大臣又先帝之所置也。今陛下初立，此其属意怏怏皆不服，恐为变”为名，开始“尽除去先帝之故臣”。李斯自然也难免其祸，公元前208年的夏天，全家大小被押赴咸阳市问斩。在赴法场的路上，李斯对二儿子说：“吾欲与若复牵黄犬俱出上蔡东门逐狡兔，岂可得乎！”父子相哭，是后悔？是伤逝？还是想厕中之鼠虽有人犬之惊恐而无被灭之祸？个中滋味留给后人去猜想吧！

为实现自己的政治目的，李斯采用迂回的策略，巧妙地避开吕不韦的权势，实际上是声东击西。当他该能得到的都已得到的时候，预感到自己的危险，发出未知今后吉凶、止泊在何处的感叹，这本是一个清醒的政治家所能察觉的问题。但其太留恋所得，计较所失，也就给赵高以利用他的机会。赵高攻李斯必救，以这可为而取其不为，使之进入彀中，也算是成功地使用此种手法。司马迁在评论李斯时说："斯知六艺之归，不务明政以补主上之缺，持爵禄之重，阿顺苟合，严威酷刑，听（赵）高邪说，废嫡立庶。诸侯已畔，斯乃欲谏争，不亦末乎！"亦可见胜人之计，人亦可以之胜己，使用者岂能不慎重行之，切莫"乃乱乃萃"。

汉文帝声东击西南粤称藩

汉高祖取得天下后，并未统一南粤诸地。

汉高帝十一年（前 196 年）五月，下诏封原秦南海郡都尉赵佗为南越王。下令派陆贾前去把印玺和绶带授给他，与他剖符分执，互通使节，使他协调安集百越，不要变成南方边境的祸害。

原先，在秦二世的时候，南海郡尉任嚣病重将死，便征召龙川县令赵佗，对他说："秦朝暴虐无道，天下人民被它害苦了。听说陈胜等人已起兵造反，天下不知要如何才能平定下来。南海郡虽然处在偏僻而遥远的地方，我也担心那些盗匪之兵侵夺土地，打到我们这里来。准备发动军队，切断新道，进行自卫，以静待诸侯之间形势的变化，又碰上我病得很厉害。况且番禺这个地方，背靠着群山的险阻，前有南海的隔绝，东西长达数千里，还有很多中央之国人的辅佐，这里也是一州之主，可以建立国家。郡中的长吏中没有一个人值得和我商议这些，所以把您找来，告诉您这些话。"马上把有关文书授给赵佗，要他代理南海郡尉的职务。任嚣死后，赵佗立即移送檄文通告横浦、阳山、湟溪等关说："盗兵就要到了，你们赶快将甬道切断，聚集兵力，各自加强防守。"于是慢慢借助法令诛杀秦朝所设置的官吏，安置自己的党羽为代理守令。秦朝消亡之后，赵佗便攻击、兼并桂林郡、象郡，自封为南越武王。

陆贾来到番禺，南海郡尉赵佗梳着椎形的发髻叉开两腿坐着接见汉使。陆贾劝诫赵佗说："足下本来是中原人，亲戚、兄弟、祖先的坟墓都还在真定。现在足下违反天性，忘记了父母之国，抛弃了华夏传统的衣饰装束，梦想依靠小小的南海一隅之地与天子抗衡，成为敌对国家，只怕灾祸即将临头了。况且，秦朝政治腐败，各国诸侯英雄豪杰同时起兵争夺，惟有汉王刘邦先攻进关中，占据咸阳。项羽背弃盟约，自立为西楚霸王，各国诸侯都依附于他，可以称得上是极强了。但是汉王起兵巴蜀，征服天下，终于诛灭了项羽，消灭了群雄，五年之间平定了天下，这不是人力所能办到的，而是天意如此啊！汉家天子已经听说你称王于南越，没有出力帮助天下人诛灭暴逆，满朝的将相都强烈要求派兵诛伐你，只是天子体恤民众刚刚经过战争的劳苦，所以暂时休兵，派我前来授与你封王大印，剖符定约，彼此互通使节。你本应亲自到郊外远迎，面向北面称臣才是，而你居然想要仰仗刚刚缔造尚未安定的越国，在这里负隅逞强。汉家天子假如听到了消息，派人挖掘烧毁你先人的坟墓，将赵氏宗族屠杀，派遣一名副将率领十万大军杀奔而来，到那时越人杀掉你投降汉朝易如反掌。”听到这里，赵佗连忙跳起来向汉使陆贾道歉说：“我在蛮夷之中混久了，把礼仪全忘光了，请原谅。”并询问陆贾说：“我与萧何、曹参、韩信谁更有本领一些？”陆贾回答说：“大王似乎贤能些。”赵佗又问：“我与皇帝相比怎么样？”陆贾回答说：“大汉皇帝继承五帝、三皇的宏伟业绩，统治中国。中国的人口数以亿计，疆土方圆万里，土地肥沃，物产富饶，政令统一，前所未有，当今大王民众不过数十万，都是落后的蛮夷，居住在崎岖的山边海角之间，如同汉朝的一个郡，怎么能比得上汉家皇帝！”赵佗听到这里大笑说：“可惜我不在中原，所以只能在这里称王。倘若我长居中原，怎知我不如汉家皇帝？”赵佗十分赏识陆贾的才华，留下他一起饮酒作乐，一连几个月，然后对他说：“南越这里没有可以与我谈论的人，直到先生来到这里，才让我天天能听到闻所未闻的新鲜事物。”又下令赏赐给陆贾一袋价值千金的贵重礼物，其他馈送也价值千金。陆贾最终说服赵佗接受了南越王的封爵，命他向朝廷称臣，奉行汉朝的法令规章。陆贾回到长安报告，汉高祖非常高兴，任命他为太中大夫。

高后吕雉四年（前 184 年）夏五月，汉朝主管官员请求太后关闭对南越的关市，禁止铁器输出。南越王赵佗说：“高皇帝把我封为南越王，允许互通使节，自由贸易，如今高后听信奸臣的谗言，把我们蛮夷视为异类，不许我们得到中原的器物。这一定是长沙王吴回的阴谋诡计，想要依靠中原的力量吞并我们南越国，作为他个人的功劳。”

高后五年春，赵佗自称南越武帝，发兵进攻长沙国，攻灭了数县之后撤回。

高后七年九月，朝廷派遣隆虑侯周灶率军讨伐南越国。

汉文帝刘恒元年（前 179 年）。在此之前，隆虑侯周灶奉朝廷命令领兵进击南越，正逢暑热潮湿，军中瘟疫流行，士卒们大多病倒，汉军无力越过五岭。出兵一年多，高后去世，汉军随即退兵。赵佗趁这个时机大大宣扬兵威，赠送贵重的礼物给闽越、西瓯、骆越等国，把他们作为藩属，控制在自己的势力范围内，南越国的疆域由此得以扩大到上万里。南越王赵佗乘坐黄绫装饰的车辆，左边竖起大旗，自称南越武皇帝，发号施令，公然与汉朝天子分庭抗礼。

汉文帝命令给在真定的赵佗父母亲的坟墓设官员守卫，负责按时主持祭祀。征召赵佗的兄弟任命做高官，给予极其优厚的赏赐和特殊的恩宠。又派陆贾出使南越，带去致赵佗的亲笔书信，信中写道："朕是高皇帝庶出之子，被流放到荒野之外，奉守北边藩镇于代国。由于道路辽远，自己又闭目塞听朴实愚钝，所以未曾通过书信。高皇帝逝世之后，孝惠皇帝即帝位，高皇后亲自主持朝政；不幸身体患病，吕氏家族趁机作乱，幸好依靠朝廷大臣们群策群力已经将吕氏诛灭了。朕因为受王侯大臣们拥立又不许推辞的缘故，不得不继承帝业，现在已经即帝位。前不久听说大王致将军隆虑侯周灶书信，要求把兄弟亲人接去，又请求撤回增援长沙的两将军统领的军队。朕已经按照书信上的吩咐，下令撤回将军博阳侯统率的军队；大王在故乡真定的兄弟亲人，已经派人去存恤慰问，先人的坟墓也已经整修。前些日子有消息说大王又发兵攻击边郡，在边境上一再制造灾难，当时长沙国倍受战争之苦。南郡受害更深。这样做，即使是大王的越国得到好处了吗？一定是大批士兵伤亡，创伤良将，使人家的妻子成了寡妇，使人家的儿女成了孤儿，使人家的父母变得无依无靠，取得一分而丧失了十分，朕不忍心这样做。朕准备重新调整双方犬牙交错的边界线，征询主管官员的主张，他们说：‘这是高皇帝确定的长沙国的疆界。’因此，朕不能擅自变动。如今夺取了贵国的土地，汉朝也扩大不了多少，夺取大王的财富，朕也富裕不了多少，希望五岭以南的土地由大王自行治理。即使是这样，大王称帝号，出现了两个皇帝并立的局面，又缺少使者往来，如此一来才发生了争执。只顾争执，不讲谦让，仁德之人是不会这样做的，朕希望双方捐弃前嫌，从今以后，通使友好和以前一样。”

陆贾到了南越，南越王赵佗害怕，叩头谢罪，表示愿意奉行汉文帝的诏书，永作藩臣，按期进贡。于是下令南越国说：“我听说两雄不能并立，两贤不能共处一世。汉朝皇帝是一个贤明天子。从今以后我把帝制取消，去掉黄屋左纛之车。”马上写了一封回信，信上说：“蛮夷大长、老夫臣赵佗昧死再拜、上书皇帝陛下：老夫原是南越的官吏，高皇帝赏赐微臣赵佗印玺，以我为南越王。孝惠皇帝登基，情义深重，不忍弃绝，用来赏赐给老夫的财物，相当丰厚。高后执政时，对蛮夷另眼相看，命令说：‘不要把金铁农具和马牛羊卖给蛮夷南越；纵然卖给他们家畜，也只给公的，不给母的。’老夫处在偏僻之地，马、牛、羊都老了。自己以为，倘若不搞好祭祀，会有死罪。因此派遣内史藩、中尉商、御史平一共三批人上书皇帝谢罪，都没有见他们得以安全归来。又有传闻，说老夫父母的坟墓都已被破坏削平，兄弟宗族也都以罪论死。官吏们共同议论说：‘现在我们对内受到汉朝的贬削压抑，无法振作；对外又没有什么标新立异之举，以把自己的地位提高。’所以我就改号为皇帝，但是这只是在自己的国家内称帝，并不敢为害天下。高皇后听说以后，大为恼怒，下令削去南越国的封号，使得从此使节断绝了往来。老夫私下怀疑长沙王是说坏话的奸臣，所以发兵攻伐长沙国的边境。老夫在南越住了四十九年，到今天已经抱孙子了。然而我起得很早，睡得晚，睡觉不能安枕，茶饭不香，眼睛不看美丽的女子，耳朵不听钟鼓的声音，究其原因，就是不能服侍汉室呀。如今陛下幸而哀怜我，恢复我原来的封号，又像当初一样与汉廷彼此互通使节，老夫就是死了，也心满意足，尸骨都会不腐烂。我改号为王，不敢当皇帝了。”

汉文帝在赵佗称帝，南方暑热，兵力难以制服的情况下。不作正面的进攻，反而在赵佗的故乡真定给赵佗修缮祖坟，祭祀祖先。任命赵佗的兄弟亲族作官，给予优厚的赏赐。赵佗感恩，于是降服汉朝。这正是声东击西之计的运用。

张良声东击西扶太子

高祖刘邦即位后，册立刘盈为太子，刘盈为吕后所生。

定陶女子戚夫人受高帝宠爱，生下赵王刘如意。高帝因为太子为人憨厚懦弱，常说刘如意像自己，虽然封他为赵王，却把他长年留在长安。高帝出巡关东，戚夫人也常常随行，日夜在高帝面前哭泣，想要

张子房圯桥进履

立如意为太子。而吕后因年老，常留守长安，与高帝关系更加疏远。高帝便想废掉太子而立赵王为继承人，大臣们表示反对，都未能说服他。刘盈之母吕后岂能罢休？可刘邦身为天子，大权在握，戚夫人又“日夜啼泣，欲立其子”，占有优势。在这种情况下，大臣虽力争，但“未能得坚决也”。吕后虽是女中强人，但也“不知所为”。在无可奈何的情况下，吕后找到“运筹于帷幄中，决胜千里外”的张良。

张良是开创汉王朝的功臣，深知功高震主，祸离不远。所以开国不久，就自称：“家世相韩，及韩灭，不爱万金之资，为韩报仇强秦，天下震动。今以三寸舌为帝者师，封万户，位列侯，此布衣之极，于良足矣。愿弃人间事，欲从赤松子游耳。”乃学道，远离政治纠纷，实际上是自我保全的一种手段。在这种情况下，吕后找到张良，张良当然不会卷入这场危险的政治斗争中去。于是吕后指使诸吕劫持了张良，对他说：“君尝为上谋臣，今上且欲易太子，君安得高枕而卧？”张良推脱说：“始上数在急困之中，幸用臣策；今天下安定，以爱欲易太子，骨肉之间，虽臣等百人何益！”诸吕此时只好强行问计。张良度不能脱身，再说他也偏向于众大臣的意见，乃出谋道：“此难以口舌争也。顾上有所不能致者四人。四人年老矣，皆以上慢诲士，故逃匿山中，义不为汉臣。然上高此四人。今公诚能毋爱金玉璧帛，令太子为书，卑辞安车，因使辩士固请，宜来。来，以为客，时从入朝，令上见之，则一助也。”这四人便是所谓的“商山四皓”，即东园公、绮里季、夏黄公、角里先生。张良此时使用的就是声东击西之计，名为助太子，实欲打消刘邦易太子之心。

商山四皓果然不凡，在公元前196年时，淮南王英布反叛，此时刘邦正患病在身，欲使太子刘盈将兵前往平叛。四皓认为：太子带兵打仗，有功也没什么好处，无功反受其祸；何况这些将领资历与刘邦差不多，“今使太子将之，此无异使羊将狼，皆不肯为用，其无功必矣。”再说君上正宠戚夫人，刘如意又在身边，一但出现情况，其顶替太子地位定会成为既定事实。于是出谋让吕后哭请于帝，让刘邦亲自率军去平叛，吕后和太子留守京师，暂时躲过易太子的危机。

刘邦亲自率军出征，群臣送行，张良扶病强起赶到，请刘邦以太子为将军，监关中兵。刘邦对张良是言听必从的，自然答应张良的请求说：“子房虽病，强卧而傅太子。”此时叔孙通正为太傅，乃以张良行少傅事。张良此计是安太子的关键，因为刘邦正病，若有不测，太子掌握兵权，其位自固。

不料刘邦成功地镇压了英布的叛乱，又回到京师，因病情加剧，易太子之心甚急，张良劝说已不管用，叔孙通以死相争，虽得到刘邦的面许，但没有打消刘邦易太子之念。就在这时，刘邦见到商山四皓，乃惊而问道：“吾求公，避逃我，今公何自从吾儿游乎？”四人答道：“今闻太子仁孝，恭敬爱士，天下莫不延颈愿为太子死者，故臣等来。”这一番话，不得不使刘邦想到诸大臣的拼死相争，何况还有“天下莫不延颈愿为太子死者”之说。刘邦开始感觉太子的地位难以动了，不无伤感地对戚夫人说：“我欲易之，彼四人为之辅，羽翼已成，难动矣。”戚夫人听此，不由啼泣。刘邦强颜安慰道：“为我楚舞，吾为若楚歌。”歌云：“鸿鹄高飞，一举千里。羽翼已就，横绝四海。横绝四海，又可奈何！虽有蹭缴，尚安所施！”老夫少妻，且歌且舞，嘘唏流涕，好不伤感。

面对“虽臣等百人何益”的易太子事，运筹帷幄的张良，明知不可为而为之，凭借他的聪明才智，调动各方面的力量，巧妙的避开刘邦的权势，此乃声东击西之计的运筹帷幄，以不可为而为谋而破之手法的成功应用者。《史记·索引述赞》云：“人称三杰，辩推八难。”张子房真奇才也。

公孙弘声东击西除政敌

西汉初年的官制，基本上沿秦之旧，没有大的改变。汉高祖以功臣封侯者为丞相，丞相位望甚隆。景帝时，高祖功臣死尽，陶青、刘舍等人以功臣之子受封为列侯，继为丞相，丞相位望有所削弱，但是皇帝与丞相在权力问题上仍然潜伏着矛盾。因此，削弱丞相权力是加强皇权的一个迫切问题。

汉武帝刘彻为强化皇帝的权力，压抑以丞相为首的公卿的权力，有意提高大将军的职权，重用侍中、大夫等文武侍从之臣，使用原在宫中主管收发的尚书掌管机要，将一些朝臣封以“加官”，使他们可以在宫中行走，渐次形成以大司马大将军领尚书事为首的中朝官体系。每次商议大政，领尚书事先行参议，而公卿大臣却不能与闻，使以丞相为首的公卿们成为奉诏执行人员。在这种情况下，中朝官和以丞相为首的外朝官之间的权力之争日益尖锐。

汉武帝时代经济繁荣，军事强大，国力强盛，汉武帝本人又雄才大略，不甘固守祖宗成法。于是，在他的指挥下，内外政策发生了剧烈的变化。然而作为辅政重臣的丞相，大多是以列侯继嗣，“无所能发明功名有著于当世者”。这对雄心勃勃的汉武帝来说，当然是不能够满意的，故一生杀十余名丞相。在元朔五年（公元前124年），汉武帝选中非贵族出身的公孙弘为丞相。这位没有家世渊源的公孙弘，在汉武帝数杀大臣的情况下，能守住丞相之位，老死于是职，可谓深知为相之道。公孙弘，淄川薛（今山东曲阜）人，年轻时为狱吏，因有罪被罢职。四十多岁才开始学习春秋杂说，六十岁才以贤良文学应召，得为太常博士。然而，奉使匈奴时，不合汉武帝的意愿，以其不称职，公孙弘只好以病回乡。到七十岁时，他再应贤良文学之举，被汉武帝拔为第一，重为太常博士。因上疏称旨，一年间便升为左内史。不久又为后母守孝三年，回来再任内史，很快升为御史大夫，身居副丞相之职，时年七十四岁。两年后，他得升为丞相，并封为平津侯，开创丞相封侯的先例。公孙弘在六年中（除去为其后母守孝三年，实为三年），由一名普通儒生，荣升为丞相，这固然有他的机遇，当然也有他为官之道。

首先，公孙弘善于窥测君主之意，从来不暴露自己的真实意图。“每朝会议，开陈其端，使人主自择，不肯面折廷争。”有不能不议的事，他常怂恿别人上言，自己从旁观察君主的倾向，知道君主的倾向之后，自己再上奏言事，因此常得到君主的欢心。在与公卿们商议国事时，本来他赞成大家的意见，但一到君主面前，“皆背其约以顺上旨”。公孙弘认为：“人主病不广大，人臣病不俭节。”所以身行节俭，虽身居高位，布被蔬食，夫人亲自劳作，俨然是穷老儒生的样子。史书称他“其行慎厚，辩论有余，习文法吏事，缘饰以儒术”，才得到汉武帝的欢心。其次，公孙弘善于在群臣中发现谁对自己有利，谁对自己有害。不论利害，他都能与他们和善相处，但内心知道他们可否对自己构成威胁，对不利于己的，总能不露声色地将他们除掉。正因为如此，他才博得“儒雅之名”。

再次，公孙弘深明君主和臣下的心理，能够用别人难以发现的谋略，多次使自己转危为安。例如，主爵都尉汲黯曾在武帝面前攻击他：“（公孙）弘位在三公，奉禄甚多，然为布被，此诈也。”当武帝问及此事时，公孙弘并不回避。先把汲黯说成是自己的最要好的同僚，再说明“以三公为布被，诚饰诈欲以钓名”的原委，即举管仲和晏子虽奢侈与节俭不同，但都是为君主图强为例，以比喻自己是专心事上的。然后说：“今臣弘位为御史大夫，为有被，自九卿以下至于下吏无差，诚如黯言。且无黯，陛下安闻此言？”既不得罪汲黯，又讨得武帝的欢心，同时还暗示汲黯嫉贤妒能，可谓是一石三鸟。由此可见公孙弘的智术之深。

史书称公孙弘“性意忌，外宽内深。诸尝与弘有隙，无近远，虽阳与善，后竟报其过。”且举出三个事例，即害汲黯、主父偃和董仲舒之事。观此三事，公孙弘所使用的都是声东击西之计的大智若愚，以必然为不然避而弱之的手法。

汲黯字长孺，家世为卿大夫。“为人性踞，少礼，面折，不能容人之过。合己者善待之，不合者弗能忍见”。因早年便跟随武帝，武帝对他甚有好感，很礼敬于他。公孙弘为丞相时，他为御史大夫。正因他不能容人之过，所以他对公孙弘的“怀诈饰智以阿人主取容”之态甚为反感，多次攻击公孙弘。汲黯是武帝信任的重臣，要想除去他可不是件容易的事。经过深思熟虑，公孙弘以：“右内史（扶风郡）界部中多贵臣、宗室，难治，非素重臣不能任”为名，请示武帝，让汲黯充当此职。此乃声东击西，名为推崇，实欲害之。果然，汲黯为右内史才数月，便“坐小法，会赦，免官。于是黯隐于田园者数年。”直到公孙弘死去，才重新授官，但已经是今非昔比了。

主父偃，齐国临淄（今山东益都县内）人。以上书言事中武帝的意，岁中四迁其官，使朝野为之侧目，“大臣皆畏其口”。公孙弘也受其难绌。然主父偃身为中大夫，地处中朝，“朝夕在人君左右”，公孙弘得不到报复的机会。后来主父偃谈及齐王有淫佚之行，公孙弘便借机推荐主父偃为齐国相。中大夫为六百石官，国相为二千石，越级而升，主父偃好不得意。到了齐国，“遍召昆弟宾客，散五百金予之，数曰：‘始我贫时，昆弟不我衣食，宾客不我内门，今吾相齐，诸君迎我或千里。吾与诸君绝矣，毋复入偃之门！”好一副盛气凌人的样子，不知大祸就在他升迁之时就开始来临了。主父偃外出为官，正是公孙弘的声东击西之计。因为主父偃在武帝身边，不好进言，现在公孙弘有了进言的机会。后逢赵王上书告主父偃受诸侯金，公孙弘可就得到报复的机会，以“偃本首恶，非诛偃无以谢天下”为名，迫使武帝下令夷主父偃之族。

董仲舒是著名的大儒，因其建议“罢黜百家，独尊儒术”，得到武帝的认可，用经过改造的儒家思想，作为统治思想，成为以后历代奉行不替的政策，故名气很大。董仲舒为人廉直，“进退容止，非礼不行，学士皆师尊之。”在当时便是名儒。这样的人当然看不上公孙弘的所为，不免有所议论。名重当时，又有议论，公孙弘当然是嫉恨在心，报复之心也就生矣！当时的胶西王是武帝之兄，非常骄恣，在他那里为国相者，多被他设计陷害，故此处国相是非常危险的职务。正好此处缺出，公孙弘便推荐董仲舒充当此任。当时董仲舒也正为六百石中大夫，荣升二千石的国相，应该是很大的荣耀。但董仲舒毕竟不是主父偃，其头脑相当清醒，并不留恋利禄，而是告以有病，归家“以修学著书为事”得以保全自己，并躲过灾难。

从上可以看出，公孙弘谋去政敌的手段。他以提升和推重政敌为必然，这就使政敌，包括政敌以外的人，认为他很有肚量，不以小恨为怀。实际上他正是以这种必然为不然，避开政敌之长，使之就短，然后趁其短而除掉他们。这真可谓是官场上的老手，政治斗争中的智者，也是声东击西之计的大智若愚，以必然为不然避而弱之手法的擅长使用者。

北魏孝文帝声东击西巧迁都

平城地处塞外，虽经拓跋氏几代经营已初具规模，但交通闭塞，气候寒冷，风沙太大，北魏孝文帝拓跋宏对此城早已心存不满，意想迁都，只是因北方贵族大臣们都不愿意背井离乡，虽然同他们商量了几次，都未能说服他们。于是，他暂时把迁都计划搁置起来，不再提起这事。

拓跋宏知道强迫命令难以行得通，于是，他经过深思熟虑想出一条妙计。他开始放风说，我们不能总是困守北方这一小块地方，我们也要入主中原，发展我们的势力。他颁下旨令，召集群臣集议，共商南下攻齐之大计。在这次集议中，他先命太常卿王湛占卜预测这次进攻齐国的吉凶。占卜的结果是“革”象，孝文帝拓跋宏借题发挥说：“从前成汤和周武革命，顺应天命人心，这是大吉大利的征兆。”任城王拓跋澄认为北魏兵力不足，欲进攻齐国，征途遥远，劳民伤财，再加上北方人不服南方水土，很不赞同南进。他不便明讲，就借这一占卜婉转地表达自己的见解说：“陛下累世发达，拥有中原之地，现在将要出师而卜得革命之象，不见得是全吉呀！”孝文帝听了厉声斥责道："国家是我的国家，由我说了算。你任城王难道想要阻挡众人的心愿吗？"任城王拓跋澄争辩道："国家虽然是陛下的，可是我作为国家大臣，怎能知道有危险而不说出来呢？"底下群臣大都赞同拓跋澄的意见，但是看到孝文帝怒气冲冲的样子，都没敢再说什么。

太史慈酣斗小霸王

魏主拓跋宏回到宫中召见拓跋澄，把左右人员屏退，悄声对他说："我并不是真想攻打齐国，只是考虑到平城是用武之地，难以长治久安，移风易俗。我想用攻齐这个办法让群臣们避其难而造其易，借此迁都洛阳，你认为如何？"任城王回答说："陛下想迁都中原为家，以便经营天下，古时周、汉两朝就是这样做才昌盛起来的，我完全赞同。”魏主又说：“北方人的特点好留恋故土，安土重迁，若迁都必遭他们反对，我这样做不知行得通不。”拓跋澄说：“迁都乃国家大事，非同小可，非常人所能料想得到，人们有些议论也是正常的，陛下圣明，应当早做决断，这样，别人也就无可奈何了。”魏王听了，感慨地说：“任城王真是我的张良啊！”

计划已定，便开始声言伐齐。拓跋焘亲率大军出征。九月初到达洛阳，正赶上阴雨连绵季节，大雨一直下个不停。魏主下令各路大军不能再等待下去，继续风雨兼程。魏主身披战袍，手执马鞭，乘马而行。众大臣不愿意南进，受这份苦，都纷纷跪在他的马头之前，劝阻魏主。他们说：“如今大举伐齐，天下老百姓都不愿意，天怒人怨，才降下大雨拦阻我军。不知道陛下为什么要独断专行呢？我们情愿冒死相谏。”魏主见状，认为正是施行迁都之计的好时候，便晓喻群臣道：“现在兴师动众，已经惊天动地，如果事情不能成功，用什么昭示后人呢？假如不向南讨伐齐国，也应当找个借口平息他人谤言，就应当迁都到这里。”南安王拓跋桢最不乐意南进伐齐，连忙说道：“成大事业者，不与众人谋划。现在陛下如果停止南伐，迁都洛阳，这正是我们的愿望，众百姓的幸福。”群臣皆呼万岁。虽然有些贵族大臣不愿意内迁，但又害怕南伐之苦，也就不敢再说什么了。于是孝文帝冲破北方贵族、大臣们的重重阻挠，迁都到洛阳。

声东击西拿破仑远征埃及

1797 年底，大革命后的资产阶级法国已经击败了欧洲大陆的几个封建君主国，第一次反法联盟土崩瓦解，惟独英国仍然顽固地继续对法作战。督政府决定策划一次大规模的出击行动，给英国以致命打击。英国闻讯后十分紧张，一面派间谍四处探听法国军事情报，一面加紧备战，全岛动员。

1798 年初，英国政府获悉：法国在大西洋沿岸集结了 15 万大军，拿破仑将军被任命为征英方面军总司令。对英国的进攻迫在眉睫。5 月 12 日，英国却得到情报：拿破仑已在月初前往地中海边的土伦港，一支庞大的舰队出现在那里。英国政府决策人员迷惑不解，忐忑不安，摸不清对方葫芦里卖的是什么药，便急忙派纳尔逊率舰队赴地中海，以应付不测。6 月 12 日，当纳尔逊赶到土伦港外时，发现法国舰队早已离港。当英舰队追赶至马耳他岛时，法国军队已弃岛而去。纳尔逊面对茫茫的地中海，心中发问：拿破仑究竟去哪儿了呢？

原来，督政府起初准备进军英国本土，但仔细一计算，发现实施该作战行动需款达1亿法郎之巨，还需动用全部法军主力，实在是力不从心。况且法国海军又不能与强大的英国海军抗衡。于是，法国放弃了这一方案，转而将中东、印度一线作为打击英国的主攻方向，并选择扼欧、亚、非三洲战略要冲的埃及为突破口，在尽快占领埃及后继续东进，直逼英属印度。因为漫天大雾，英法军队在海上几乎擦肩而过，但彼此均未能发现对方。6月31日，当纳尔逊还在茫茫大海上苦苦搜索法国舰队的踪迹时，拿破仑已经率领260多艘船舰和3万多名士兵驶进了亚历山大港，并迅速攻占亚历山大，向开罗挺进，在金字塔畔大败埃及曼麦鲁克统治集团的军队，占领了开罗。以后虽然法军未能在中东取得很大进展，更不用说进攻印度，但控制埃及全境达3年之久，给英国海外势力以沉重的打击。

希特勒声东击西灭法国

1939年10月初，希特勒决定进攻法国。最初计

孙伯符大战严白虎

划有相当一部分是仿照第一次世界大战时德国进攻法国的“史里芬计划”制定的(史里芬是第一次世界大战前的德国元帅)。希特勒把主力放在右翼，经过比利时北部的列日地区实施主要突击，左翼只放较少的兵力担任掩护。但是，德军于1939年底，重新修改了作战计划，将主力改放在左翼，出敌不意地从卢森堡和比利时南部的阿登山区，实施主要突击，切断比利时北部英法联军退路，直扑加莱海峡，右翼则作为次要方向。阿登山区，森林茂密，河溪纵横，道路崎岖，法军从来没想到德军会在这里使用一支强大的装甲坦克部队，因而几乎没有戒备。

为了实施新的作战计划，希特勒从波兰和德国中部向西部边境调集了136个师，坦克3000余辆，飞机4500余架，编为A、B、C 3个集团军群。A集团军群共64个师，配置在亚琛至摩塞尔一线，担任主攻；B集团军群共28个师，配置在荷兰、比利时国境至亚琛地区，实施助攻；C集团军群共17个师，配置在“马奇诺防线”对面，实施佯动，钳制法军主力。以27个师作为战略预备队。

为使法军产生错觉，德军除放出风说要一成不变地按“史里芬计划”进攻法国外，还于1940年1月下旬，故意派遣第七空降师少校作战科长，携带假作战计划乘飞机到科隆司令部，中途假借气候恶劣“误入”比利时领空迫降，被比利时警察逮捕。这个少校当时还竭力装出要销毁文件的样子。比利时政府果然受骗，立即将该少校携带的有关进攻法国的假作战计划，抄送法国政府。法国参谋部研究之后，认为德军的战略企图同他们原来的判断完全一致，德国就这样迷惑了法国。

德军一方面磨刀霍霍，另一方面又大肆施放“和平”烟幕，声称对西欧采取“不侵犯”政策，并且一再向法国表示，德国不想收复在第一次世界大战后被法国割去的地方。希特勒甚至还提出“和平倡议十一条”，假称：“我始终愿以全力与法国友好，这种立场，并无变更。”德国就这样在“和平友好”的掩护下，麻痹了法国，秘密地完成了闪击战的准备。

法国当时的统治者，对德国法西斯执行一种纵容侵略的绥靖政策。德国进攻波兰后，法国虽然对德宣战，但是实际上是宣而不战。德军突然开进奥地利，法国虽然震惊，却不采取行动制止。法国还追随英国，参加慕尼黑会议，将捷克斯洛伐克的苏台德区奉送给希特勒。法国统治者企图牺牲弱小的国家，确保自己的安全，但到头来却搬起石头砸了自己的脚。

当德国侵占波兰以后，法国统治者认为希特勒下一个目标是进攻苏联。即使希特勒进攻法国，估计也需要四五年准备。即使马上打起来，德军会走第一次世界大战进攻法国老路，有“马奇诺防线”可以抵挡。在这种思想指导下，法国对希特勒的进攻没有充分准备。

1940年5月初，在法西斯德国入侵法国的前几天，在德法西线边境的法国地段上，仍然是一片和平气氛，莱茵河两岸的火车依然不停地奔驰，工人平静地坐上早晨第一列电车走向工厂，农民说说笑笑地走向田野，一对对情人手挽手地悠闲散步……法军当局每天发表的战报，也都千篇一律地说：“西线平静。”

可是，5月10日4时30分，德军空军首先对法国北部及附近荷兰、比利时、卢森堡的 72 个机场，实施了猛烈的轰炸。5 时 30 分，德国地面军队在空军的支援下，开始了进攻。

进攻法国的德军，通过比利时南部的阿登山区，首先占领了法国东北部的色当。以后，一路往西向布伦港推进，一路南下直逼巴黎。在比境的英法联军，被围困在敦刻尔克一带，遭到德军猛烈轰炸和炮击。英军丢盔弃甲，费了很大力气，才撤回本土。

德军横扫法国北部的时候，法国内阁进行了一次大改组，由投降派贝当任副总理，魏刚任法军总司令。魏刚上任后，匆忙拼凑了 100 万军队，编成 3 个集团军在索姆河和安纳河一线构筑新的阵地，叫作“魏刚防线”，企图阻止德军南下。然而，这条脆弱的防线，只有 3 天工夫，就全面崩溃了。

法国军事当局战前不惜以每英里 200 万美元的巨额投资，从瑞士边境沿莱茵河至卢森堡边境一线，构筑了“马奇诺防线”。把 60 多个师重兵配置在这条防线上，进行防御，认为是铜墙铁壁，可以安如泰山。所以当德军绕过“马奇诺防线”背后，从阿登山区突破，向法境长驱直入，直逼巴黎时，“马奇诺防线”就被置于无用之地了。

1940 年 6 月 3 日，德军航空兵向法国机场和后方，实施了猛烈的突击，并从西、北、东三面包围了巴黎。10 日，意大利法西斯头子墨索里尼，向法宣战；法国腹背受敌，处境更加困难。法国政府宣布巴黎为不设防城市，弃城南逃，拱手把巴黎让给德军。

6 月 13 日，德军不费一枪一弹，进占了巴黎。号称帝国主义强国的法国，就这样被打败了。

登陆西西里

1943 年，世界反法西斯同盟已进入战略反攻阶段。当时，盟军在北非已取得决定性胜利，战争的下一个阶段即将推进到法西斯轴心国的本土。然而，从何地作为突破点呢？

1943 年 5 月 29 日，丘吉尔、马歇尔、艾森豪威尔、亚历山大等西方盟国的几个主要人物聚集在艾森豪威尔的别墅召开了一次军事会议，几经磋商，决定把突击点选在西西里岛。

西西里是地中海中最大的岛屿，面积 25000 多平方公里，人口 400 多万。该岛位于亚平宁半岛与北非之间，隔墨西拿海峡与意大利本土相望，最窄处仅 3219 米，是意大利南部的重要屏障。而且这个岛上驻有墨索里尼的九个意大利师和两个德国师，计 25

万人，并可及时得到500架飞机的支援，防御力量相当强大。如果盟军强行登陆，则必然有较大伤亡。

然而，英国的情报部门通过成功地使用“声东击西”这一计谋，却将德、意法西斯防御西西里岛的骨干力量调离了该岛，从而保证了盟军在西西里岛的顺利登陆。这个计谋就是著名的“肉馅”行动。

一天，汹涌的海潮猛烈拍打着西班牙的海岸。从远处压过来的海浪撞在岸边的岩石上，发出哗啦啦的巨响。劲风、巨浪、海流，将一具“盟军少校”的尸体冲到了西班牙的岸边。西班牙人打捞起这具尸体一看，身分证证明死者的名字叫威廉·马丁，是英国皇家海军的少尉（代理少校），在盟军联合作战司令部作参谋。西班牙人和德国在西班牙的谍报组织发现这个威廉·马丁携带的公文包里有几份绝密文件和作战计划，文件透露，盟军的确在准备进攻西西里，但只不过是一种假象，是为了掩护盟军对撒丁岛和希腊的进攻。

德国在西班牙的谍报组织立即向柏林作了报告。

希特勒一开始并不相信，他专门就西西里岛的有关情况同参谋长凯特尔、陆军元帅隆美尔和负责外交事务的纽赖特进行商讨。

但是，“马丁少校”的身上及其公文包中的其他

“资料”，证实了盟军中确有马丁其人及其事。首先，马丁有军人编号“09560”号；其二，有一张银行的透支单和劳埃德银行的催款信；其三，“马丁”身上带有一张向邦德街国际珠宝商菲科普斯赊购定婚戒指的帐单，说明“马丁”刚刚定婚；其四，“马丁”的身上还带有两封他的未婚妻最近写给他的情真意切的“情书”。通过综合分析，希特勒确信这位“马丁少校”所携带的文件是真的。而“马丁少校”只不过是因为生活窘迫自杀或意外事故死亡而已。

正在此时，在意大利撒丁岛的主要城市卡利亚里附近的海岸边，海水又冲来一具尸体。死者身穿英国突击队制服，而他身上的文件证明，他属于一支正在侦察撒丁岛海岸敌军兵力部署的小部队。于是希特勒进一步相信了自己的判断。

“感谢上帝，”希特勒自言自语地说：“谁要是想欺骗我，是万万不可能的。”

他得意洋洋地戴上老花镜，趴在地图上筹划起来。经过一番丈量、计算，他让秘书下达了如下命令：“我要求所有与地中海防御有关的德国指挥机关迅速地密切合作。利用全部兵力和设备，在所余不多的时间内，尽可能地加强特别危险地区，对撒丁岛和伯罗奔尼撒采取的措施要先于一切。”

根据希特勒的最新指令，纳粹最高统帅部迅速调整了防御部署，西西里岛上的大部分兵力被调往撒丁岛和希腊，仅仅保留了两个德国师。

其实，这两具尸体和尸体所携带的文件、证明材料均是假的，它们只不过是英国情报部门欺骗希特勒而作的“通信员”。

1943 年 7 月 9 日，大批盟军部队按照预定计划，向西西里岛进发。九日上午，天气晴朗，风平浪静，但是下午却突然变了天。只见狂风大作，海涛汹涌。登陆艇一会儿被抛上浪尖，一会儿掉进低谷。这既给登陆的盟军造成了困难，也麻痹了敌军，敌人以为在这样的鬼天气里盟国决不会进攻，因而放松了守备。他们万万没有料到，盟军的登陆和空降兵已在西西里南部 180 公里的地段上实施了登陆和空降。

由于双方力量相差悬殊，盟军登陆后很快就控制了局势，夺取了主动，并按计划向前推进。尽管德、意两方也积极增援，但已是亡羊补牢。经过 38 天的激烈战斗，盟军共歼灭德意军队 165000 人，缴获敌机 1000 余架，盟军取得了决定性的胜利。

雪佛莱和奥兹莫比尔汽车厂声东击西清库存

美国康涅狄格州有一家叫雪佛莱和奥兹莫比尔汽车厂，它的生意曾长期不振，使工厂面临倒闭的局面。

该厂的总裁对本厂经营和生产进行了反思，总结出自己企业经营失败的原因是推销方式不灵活。他针对全企业存在的问题，对竞争者及其他商品的推销术进行了认真的比较，最后设计了一种大胆的推销方式，即“买一送一”。

该厂新的推销手法是这样开始的：它积压了一批轿车，型号为1986年的，由于未能及时脱手，导致资金不能回笼，仓租利息负担沉重。该厂决定在全国主要报纸刊登一则特别广告：谁买一辆托罗纳多牌轿车，就可以免费获得一辆“南方”牌轿车。

买一送一的做法，由来已久了。但一般的做法是免费赠送一些小额的商品。如买电视机，送一个小玩具，买电须刨，送一支剃须膏；买录像机，送一盒录像带等等。这种施以顾客一点小恩惠的推销方式，确实起到很大的促销作用。

但是，这种方式慢慢不大起作用了。特别是在美国这个社会，商业广告充斥每个角落，不管书刊杂志或是橱窗路旁，五花八门的广告比比皆是，它成为人们生活的一个组成部分。推销商品方法之多，范围之广，已使人们有点视而不见或麻木不仁了。

雪佛莱和奥兹莫比尔汽车以买一辆轿车赠送一辆轿车的超群出众的办法，一鸣惊人，使很多对广告习以为常的人也刮目相看，并相互转告。许多人看了广告以后，不辞远途而来看个究竟。该厂的经销部原来是门前冷清的，一下子则门庭若市了。

过去无人问津的积压轿车果真以 21500 美元一辆被人买走了，该厂也一一兑现广告所承诺的，凡是买一辆托罗纳多牌轿车者，则免费赠送一辆崭新的“南方”牌轿车。如买主不要赠送的轿车，可给 4000 美元的回扣。

奥兹莫比尔汽车厂实施这一招，虽然致使每辆轿车少收入约 5000 美元，但却使积压的车子一售而空。事实上，这些车如果积压一年卖不出去，每辆车损失的利息和仓租、保养费也接近这个数了。

更应该看到，这一举动给工厂带来了源源不断的生意。它不但使“托罗纳多”牌轿车名声四扬，提高了知名度，增加了市场占有率，同时也推出了一个新牌子——南方牌。这种低档轿车开始时以“赠品”作为托罗纳多牌轿车的陪嫁，随着赠送多了，它慢慢地也有名气了。

它确实是一种较实惠的轻便小车，造型小巧玲珑，价格便宜，很适合低收入阶层。这样，雪佛莱和奥兹莫比尔汽车厂就起死回生了，生意从此兴隆发达起来。

奥兹莫比尔汽车厂的成功推销术，实属一种“将变就变、顺水行舟”术。世上所有事物都处在变化之中是绝对的，市场也是如此。产品和市场是经营活动的中心，市场的变异始终处于动态之中，产品依存于市场是个动态过程。

经营之道在于将灵活性就变于市场动态，正如顺水行舟，经营者要善于借得东风活水流，使企业乘风破浪抵达彼岸。它生产的汽车卖不出去，追根问底是没有适应当今市场竞争激烈的动态情况。

日本生产的小轿车以轻巧价廉和耗油量低而攻进美国市场；而美国本国生产的汽车又以售前售后服务周到而赢得顾客。如果自己以不变应万变，拘泥于一种产品或墨守陈规的推销方法，势必自寻绝路。

为此，只有以灵活多样、出奇制胜的经营之术，才能在竞争之中获胜。“买一送一”就是一条杀出千军万马重围的生存之道。

比赛场上的声东击西

佯示攻西，实际攻东，这在体育比赛的赛场上几乎到处可见。排球运动员为了掩护真正扣球者，故意一个高跳扣球，做一个假动作，以转移对方的注意力，身后真正扣球者趁机一个扣杀，对方来不及收身防御即被钻了空子。足球场上更是如此，罚球射门者往往在踢球前作一个假动作，向左侧攻球，则故意显示右侧以迷惑守门员。击剑运动员击左则示右，击右则示左，凡事则以对方反应不及而成功。

总之，凡两相对垒的场合，一方总是用声东而击西的方法，钻对方的空子。就连二人对弈也是如此。一方为了转移对方的注意力故意杀出一车或一炮，造成从一侧或一个方向“将死”对方的假象；而在另外的方向上，精心筹谋，真正作着致敌死命的手脚。有时对弈者为了制服对方，故意丢卒保帅，在一个方向上作些损失，使对方丧失警惕，而在另一方向上突然发起攻势，使对方难以招架。

中国乒乓球运动员发明的高抛球，实际上也是迷惑对方的假象，扣球时的假动作更是到处可见。就连蓝球运动员来回带球也作着许多使防守拦阻者虑不所及的动作。

声东击西——哈利的智慧

在国外，有这样一则耐人寻味的故事。

15 岁的小哈利是一家马戏团的童工，团主让他在门口招徕观众。虽然哈利聪明勤快，深得团主喜爱，但他并不满足于现状，他想靠自己的智慧才能干出些名堂。经过考虑，他想出了一个好办法。

这天，他向团主请求允许他在场内出售饮料。团主告诉哈利，只要不影响演出收入，就允许他出售饮料。哈利神秘一笑，说：“您放心吧！团长，马上就会有更多的观众。”

曹孟德败师渭水

哈利于是买回了花生和柠檬水，然后躲在屋里开始炒花生。花生的味道渐渐弥漫了整个屋子，哈利又向花生中加了一些盐。“真棒！”哈利尝了一粒花生，笑道。然后，他用纸把花生米包成了一个个小包。带着这些小包，哈利来到售票处。“买一张马戏票，赠一包花生米，精彩的马戏，喷香的花生，边吃边看，快来啊……”哈利扯开嗓门吆喝起来。“赠一包花生米？你不是要亏了吗？”卖票的惊讶地看着哈利，哈利冲他一笑，并不回答。果然，花生的香味引来了不少人，许多本不打算看马戏的人也因这赠送的花生米而动心了。“给我一张票，别忘了花生米。”“我也要一张……”“还有我……”很快，马戏票卖完了。

观众们边看着精彩的马戏，边嚼着喷香的花生米，一会儿，花生米就下肚了。“真渴呀！”“是呀！有点咸，要是有水就好了。”许多人口渴难耐。这时，哈利又来了，还带着他的柠檬水。“谁要柠檬水？”哈利轻轻地问道。不等话音落下，人们纷纷喊道：“我要！”转眼间，哈利的柠檬水卖光了，他的口袋也鼓鼓地装满了钞票。这一天，哈利赚了一大笔。

说是赠花生米，实则推销柠檬水，哈利的“声东击西”法使他既招徕了大量顾客，又填满了自己的口袋。

人与人的交往不全是交易，但交易的成分亦有不少。左一计，右一计，我们无非是想在情感或物质上获得更好更多的利益。

哈利的超人之处在于懂得几个简单的生理事实，并将之利用在获利上。重要的是，当自己想有所得时，“声东”足以麻痹对方，而“击西”又使之措手不及。

查 靴

南北朝北齐天统年间，并州（今山西太原一带）有一位妇女在汾河边洗衣服、靴、帽。从城里出来一个骑马的人，见妇女洗的靴子很新，就趁那妇女正低头洗衣服时，悄悄下马来脱下自己脚上的旧靴子，换了妇女的新靴子，纵身上马，鞭子一扬，骑着马逃跑了。等到妇女发现时，只看见了那骑快马的背影和一串烟尘，别的什么也看不见。

那妇女拿着骑马人扔下的旧靴子来到官府报案。可问了半天，她只有手中那双旧靴子，别的什么都说不上。

这时，在并州当刺史的是高谐，他为人很宽厚、聪明。高谐思索了一会，命令那妇女和衙役们保密，他却派人将那双旧靴拿去找城内各家妇女观看，并说：

“刚才有一个骑马的人在路上被土匪抢劫杀害了，遗下了这双靴子，不知谁是他的亲属？”

一位老太婆见了靴子放声痛哭，说道：

“我儿子昨天正是穿这双靴子出城到乡下他岳母家去的呀，不料竟遭到杀害，这真是祸从天降啊！”

于是很快就抓住了那个换靴子的骑马人。

名医的绝招

明代有一位名医姓杨名贲亨，是江西鄱阳县人。他医术精良，治病往往采取出人意外的神妙方法，并且能够收到极好的疗效。

一次，一位将军患眼病，来请杨医师前去治疗。杨医师去后，替将军仔细诊治，在病眼上敷了药，并用布包起来，然后离开将军府。

过了两天，杨医师前往将军府探视，谁知这位将军的病眼不但没有痊愈，反而更厉害了。

杨医师大吃一惊，一了解，才知这位将军性情十分急躁，他患了眼病，却恨不得一时三刻就能好。前天杨医师替他敷药包好后刚刚走出将军府，将军就命人取来了一面镜子摆在面前。他过一会儿就将布条揭开，对着镜子察看眼病好了没有，一个时辰总要看上好几遍。那布条揭开了封上，封上又揭开，眼病也就越来越严重了。

杨医师了解到原因，心生一计。他替将军的病眼敷好药，依旧包起来。这次他没有马上离开，而是坐在椅子上慢慢地喝着茶。喝着喝着，杨医师的眼睛突然盯住了将军的右腿，脸上表现出惊异的神色。

将军见杨医师神态异常，就询问道："医师！你怎么啦？"

杨医师一本正经他说："请您让我替您按按脉。"

将军笑着将手伸了过来。

杨医师替将军两手都按了脉，脸上神色更加惊惶，说道："将军！恕我直言，从您的脉象看来，您眼睛再过几天就会痊愈，无关大事；然而您的右腿要瘫，""我这右腿一点感觉也没有，能跑能跳，怎么会瘫痪呢？"将军不以为然地说。

杨医师脸色严肃，叹了一口气："病还潜伏着没有发作的时候，除去医师，别人怎能察觉到呢？等到您察觉到，就为时太晚了。"

"那怎么办呢？将军打仗全靠腿呀。医师！您替我想想办法吧！"

"办法倒有，就怕您没有恒心。"杨医师说道。

“您每天经常用手按摩大腿，使其血脉畅通，7 日后我再来探视。”

杨医师离开将军府后，将军真的认真按摩大腿，而置眼睛于不顾了。他想：“我若右腿瘫痪，怎能骑马去指挥战斗呢？”

过了 7 天，杨医师又来到将军府，他没有检查将军右腿，而是先检查眼睛。眼睛已经痊愈了。他替将军揭去布条：“将军！您眼病已经好了。”将军并没有太高兴，而是用忧郁的口气问：“医师！我这大腿呢？”

杨医师哈哈大笑：“将军！请您宽恕我！您的腿并没有病，我是怕您老揭眼上布条，才用这样的办法让您注意力从眼睛转移到右腿上来。您这眼病不是已经痊愈了吗？”

将军一怔，接着恍然大悟，紧跟着伸出大拇指哈哈大笑：“杨医师！您这声东击西的战术，实在是妙啊！”

以买求卖的抛售高招

1990 年，我国一家外贸进出口公司的业务人员与外商谈判皮货生意。休息时，外商搭讪着对我方外贸人员说："今年你们的皮货生意怎么样？"

"当然不错。"

"我想向贵公司定购 20 万张裘皮，没有问题吧？"

在得到了肯定的答复后，那位外商主动递交了一份 5 万张裘皮的定货单，价格还高出市场价 5%。我方外贸公司的业务人员喜出望外。在谈判后的宴会上，频频举杯向这位外商表示感谢。

然而，这位外商却在国际市场上以低于我方的价格大量抛出他手中的存货，吸引了大量客户。原来，这位外商并不是想真的从我方定购 20 万张裘皮。而是虚晃一枪，先用高价定购 5 万张裘皮的定货单稳住我方，在抬起我方裘皮价格以后，又按原价顺利地抛出存货，而我方报出的裘皮价格全部被客户顶了回来。他虽然花高价购买了我方的一部分皮货，但这在他所赚的钞票中只不过占了一个小的数目而已。

这位外商运用"声东击西"之计，先用高价稳住我方，然后乘机大量地抛出存货，使得我方的报价被客户顶回，最终获得了成功抛货的目的。

第二套　敌战计

第七计　无中生有

【原文】

诳①也，非诳也，实其所诳也。少阴，太阴，太阳②。

【注释】

①诳：欺骗，欺诈。

②少阴，太阴，太阳：《易》“四象”中的三象。另一象为少阳。《朱子语类》卷一三七称：“《易》中只有阴阳奇耦，便有四象，如春为少阳，夏为老阳，秋为少阴，冬为老阴。”刘基《灵棋经后序》称：“少与少为耦，老阴与太阳为敌，得耦而悦，得敌而争，

或失其道，而耦反为仇，或得其行，而敌反为用。”此处三象排列，意为少阴渐变而至太阴，太阴与太阳因得其行，故相互为用，太阴至极而转化为太阳。军事上讲的由虚假变为真实（“无中生有”），即源于此理。

【译文】

用假情况蒙骗敌人，但不是弄假到底，而是要巧妙地由虚变实，以各种假象掩盖真象，迷惑敌人，给以不意的攻击。

【按】无而示有，诳也。诳不可久而易觉，故无不可以终无。无中生有，则由诳而真、由虚而实矣。无不可以败敌，生有则败敌矣。如：令狐潮①围雍邱②，张巡③缚藁④为人千余，披黑衣，夜缒⑤城下，潮兵争射之，得箭数十万。其后复夜缒人，潮兵笑，不设备，乃以死士五百斫潮营，焚垒幕，追奔十余里。

【注释】

①令狐潮：安禄山部将。率兵围雍邱，被张巡击退。

②雍邱：治所在今河南杞县。

③张巡（公元七〇九年——七五七年），邓州南

阳（今河南南阳）人，开元进士。安禄山叛乱，他起兵守雍丘，击败令狐潮。后坚守睢阳，城陷被俘，不屈而死。

④藁：多年生草本植物。

⑤缒：系在绳子放下去。

【译文】

无而装作有，这就是欺骗，欺骗行为不能长期使用，长期使用容易被对方发觉，因此，空无不能始终空无。使无转变为有，这就是由假转变为真，由虚转变为实，自始至终是无，那是不能打败敌人的。由无变为有，就能击败敌人。如唐叛将令狐潮围攻雍丘城，雍丘城守将张巡下令扎了一千多个披着黑衣的草人；用绳子拴住，晚上用绳子缒下城去。令狐潮的士兵以为城里出兵偷袭，争先恐后地放箭，结果张巡赚了几十万只箭。后来，当真的士兵在夜里缒下城去时，令狐潮的士兵都笑了起来，以为又是用草人赚箭，所以毫不作战斗准备。于是张巡就用五百名敢死队冲杀令狐潮的军营，焚毁了营栅帐幕，一直追杀敌人十余里。

【计名探源】

本计计语出自中国古代哲学家老子《道德经》第

40章："天下万物生于有，有生于无"。老子揭示了万物的有与无相互依存，相互变化的规律。我国古代军事家尉缭子把老子的辩证法思想运用到军事上，进一步分析虚无与实有的关系。《尉缭子·战权》中说："战权在乎道之所极，有者无之，安所信之?"主张以无的假象迷惑敌人，乘敌人对"无"习以为常之际，化无为有，化虚为实，出其不意，打击敌人。

【评语】

"无中生有"其义谓：本无其事，虚拟成真。用在军事方面则指的是：用假象迷惑敌人，使之上当之后，再于假象掩盖之下采取真实行动，使敌人由于判断失误而导致行动的失误，从而被打败。《老子本义》下篇："天下万物，无生于有，有生于无。"《尉缭子·战权》："战权在乎道之所极：有者无之，无者有之。"运用此计要注意两点：第一，敌方指挥官性格多疑，过于谨慎的，此计易于奏效。第二，要抓住敌方思想已经迷惑不解这个机会，迅速变虚为实，变假为真，变无为有，出其不意地给敌以重创。

古人认为，无中显示有，这是一种骗局。但是骗局不能持久，容易被人识破，所以不能总是保持无，而是要弄假成真，由虚转实。所以，靠无，不能打败敌人；变无为有，才能打败敌人。

【战例】

彼得大帝不战退敌

17 世纪末至 18 世纪初，俄国与瑞典为了争夺波罗的海的制海权和控制波罗的海沿岸，连续数年展开海上和陆地的激战。当时的瑞典是欧洲军事强国，在多次交战中，俄国都受到惨重损失。

1696 年，彼得大帝正式成为沙俄统治者。他以惊人的毅力与精力，励精图治，整顿武备，同时虚心学习西方的先进技术，很快扭转了俄国落后的军事经济面貌，也使俄国在瑞俄战争中的局面有了明显迅速的改观。

1704 年，彼得大帝为了更有力地征服和控制波罗的海，开始在海滨修建新都圣彼得堡。新都面对西方，象征着彼得向西方扩张的宏图大举。同时，彼得大帝还在科特林岛上修筑防御工事，兴建喀琅施塔得海军基地，建造船坞和要塞。

彼得在进行上述一系列建设的时候，面对的条件和环境是较为恶劣的。瑞典军事力量仍非常强大，威胁着俄国沿海要地和工程建设。正在建设的圣彼得堡距离俄国力量中心很远，所有的供应必须通过荒无人烟的地区运来。彼得实施的修建计划，规模庞大，花费极高，从各种情况看，俄国都面临着很大风险。瑞典人正是看清楚了这一点，于是决定乘机发动进攻，一举摧毁沙俄下大气力正在营造的工程，解除俄国对瑞典可能形成的重大威胁。

三十六计之无中生有

瑞典人的第一次进攻，由于力量不足，准备匆忙，被俄国军队很轻易地击败。经过充分、认真地准备，调集了强大优势的陆军、海军，瑞典又发动了第二次进攻。

瑞典这次进攻来势凶猛，很快就在俄国沿海登陆，随即包围了俄国大量沿海要地。当时，俄国沿海地区的军力极为薄弱，在具有压倒优势的瑞典人面前，几乎经不起一击。当地的俄国军民人心浮动，一片混乱；俄国统治者心情紧张，意见分歧。很多人向彼得进言，要求放弃被瑞典人围困的沿海要地和正在建设的工程，收缩至内地俄国力量中心抗击瑞典。

在这人心不安、议论纷纷的危急时刻，彼得一世异常冷静。他反复考虑了敌我双方本身的状况和面临的形势，特别是深入分析了敌方瑞典的特点、心理和优劣长短。彼得根据自己长期的经验，认为：瑞典皇帝查理十二和瑞典军队的将军们，一向做事都小心谨慎、优柔寡断，缺乏果敢精神、顽强的毅力和坚定的意志。彼得决心利用瑞典人的这一弱点。彼得不动声色地派出一大批紧急信使赴各地，这些信使携带着他的亲笔命令。命令要求各地的指挥官立刻派大批援军前来增援。当然这些援军有的根本不存在，有的远在天涯，毫无作用可起。许多送命令的信使故意糊里糊涂地乱走、粗心大意地暴露身分，结果被瑞典军队俘虏。瑞典指挥官搜出了他们身上的密信，详细审问他们的口供。瑞典人经过研究认为，俄国隐瞒了他们的军事实力，俄国的实际军队兵力远比瑞典预计的数量大得多；俄国人之所以不加顽强抵抗地让瑞典人占领沿海地带，是因为他们有着更深远的阴谋。于是，瑞典司令官立即下令，迅速退却部队，撤离已经进入的阵地，解除对俄国人的包围，仓皇退回瑞典。彼得大帝不废一枪一弹吓退了敌人，解除了自己的围困，保住了具有巨大意义的新都和战略设施及建造工程，渡过了难关。

德奥联军无中生有大胜意大利军

1917 年秋，德奥联军与意大利军队，在意大利东北部伊松佐河西岸布阵，意军凭借坚固的阵地，组成稳固的防线。德奥联军开始一筹莫展，尔后采用德军情报官的意见，利用报纸制造假消息，瓦解了意军士气，加上突然的进攻，大败意军。

德奥指挥官聚集在指挥部里，反复地研究着破敌的方案，为弄清意军防御的部署，德奥联军派出侦察分队利用夜色、雨雾天进行抵近侦察，还专门挑选一些精悍的士兵，装扮成意军，混进意军阵地，收集情报。情报归纳起来有两条极为重要：一是意军防御工事坚固配套，阵前设置多种障碍物，阵地内各种掩体、工事错落有致，布置合理；二是意军的兵员大部来自意大利北部的皮蒙特人，身体强壮，射击技术、战术动作熟练，训练有素。鉴于此种情况，德奥联军一直定不下发起进攻的决心。时不待人，转眼到了10月份，秋天将过，严寒即到，显然严冬对于德奥联军的进攻是不利的。一天，一德军情报官闲来无事，随手翻阅当地的报纸，他突然看到一个英国人写的一篇北意大利旅行记，文中特别描写了皮蒙特人的生活习性，并介绍了他们的重要特点，地域观念特别强，热爱故乡、亲人的美德。职业的敏感，情报官马上联想到对面的意军皮蒙特人，并由此产生了一个奇思妙想……。几天后，德奥联军指挥部里就堆放着一大堆报纸，这是伪造的意大利国家报纸，报上头版头条以醒目的大号美术字体登出消息“皮蒙特居民与当地警察发生流血大冲突”，紧接下面是一幅幅流血冲突的照片，下面为死者的姓名、年龄、性别、职务以及他们在部队亲人姓名。10月23日晚，意军皮蒙特人发现了报纸，都被报纸上的消息震惊了，随后抱头痛哭，正当意军陷入不能自拔的时候，猛烈的炮火从天而降，炮弹的爆炸声、德奥联军的喊骂声联成一片，意军无心恋战，纷纷丢下武器向后溃逃，联军顺利地攻占了意军前沿阵地，战至10月29日，意军惨遭失败。

此役的胜利，正是由于德奥联军“知己知彼”的结果，千方百计摸清意军的情况，以假消息造成意军不战自溃，此战使意军不得不全线后撤了100～140公里。

蒙哥马利无中生有大战德军

蒙哥马利，1887年11月17日出生在伦敦肯宁顿圣马克教区的一个牧师家里，英国桑德赫斯特皇家军事学院毕业，在英军中当过排长，代理连长、营长、旅长、师长、军长，集团司令、集团军群司令、英军驻德国占领军司令，大英帝国陆军参谋长，北约欧洲盟军最高司令部最高副统帅。在军队服役50年，军衔由尉官升到陆军元帅。能征善战，敢打硬仗，足智多谋，是第二次世界大战中著名将领之一。

在1942年10月的阿拉曼战役中，蒙哥马利成功地使用了“无中生有”的计谋。

隆美尔是德军中的著名将领，人称“沙漠之狐”，他用大约50枚地雷，设置了一系列地雷带，在北部和中北部防线上，设置了两条大致平行的地雷带，并以防御据点形成的“分割墙”连接南北两面的主地雷场，其间隔为4——5公里，造成一连串的空白地区。设置空白地区的目的，是为了给突破部队设置陷阱，因攻击部队突破第一地雷带之后，将被迫向“分割墙”左边或右边运动。

10月6日，蒙哥马利根据战场情况，放弃以前代号为“轻步”的计划，提出另一计划，这个计划代号仍为“轻步”。他说：“过去一般公认的原则是：现代战役计划应当首先着眼于消灭敌人装甲部队，一旦这个任务完成了，敌人非装甲部队就很容易对付。我决定把这个原则颠倒过来，先消灭敌人的非装甲部队。在这样做的时候，我暂不打他的装甲师，留待以后再收拾他们。他准备让坦克屏护队向前推进，堵住敌地雷场通道的西部出口，用‘粉碎性’的打击法，有条不紊地消灭敌防区内的步兵。敌装甲部队不可能还眼巴巴地看着非装甲部队全部被消灭而按兵不动。他们将进行猛烈的反突击。这样便正好撞上第8集团军严阵以待的装甲部队。”

蒙哥马利说：“粉碎性作战行动是在一系列坚定的基础上周密地组织起来的，而且也在我军力所能及的范围之内。”及早组织坦克屏护队显然是这种作战方法的关键。蒙哥马利甚至在地雷场的通道清扫完毕之前，就命令第10军的装甲师紧跟着第30军各先头步兵进入通道。此外，他还命令，假如在总攻击日后一天，即10月24日，通道之敌尚未完全肃清时，各装甲师必须自行扫清道路，进入开阔地带。

装甲军军长拉姆斯登和他的师长们认为，按这个计划打，步兵很可能受阻，而坦克如执行命令在地雷场上打出一条通道则可能带来灾难。于是，他的三个师长向30军军长利斯报告说："他们对坦克执行任务的能力缺乏信心。"利斯把这报告了蒙哥马利。蒙哥马利的参谋长德·甘冈也表示他怀疑拉姆斯登是否坚定，但蒙哥马利不理会这些"无端的报怨"，坚决要求各装甲师严格执行命令。后来事实证明，他这样做是正确的。

为了使敌人摸不清第8集团军发动进攻的时间和地点达成进攻的突然性，蒙哥马利决定实施代号为"伯特伦"的欺骗计划，这一计划就是采用了"无中生有"。

这个计划是8——9月间设计和制定的，是沙漠中迄今为止最精巧的欺骗计划。计划的总意图是："使敌人摸不清第8集团军发动攻势的意图，以及进攻日期和主攻地带，偷偷地完成军事集结。"

整个欺骗活动是在集团军范围内进行的，除了采取谨慎地传播有利于敌人的假情报为措施外，主要从视觉上欺骗敌人。首先是伪装前沿地区的巨大的弹药和其他作战物资堆集所，例如：离阿拉曼车站不远，就设立了一个很大的堆集所，它可储存补给品 600 吨，油料 2000 吨和工程器材 420 吨，场地在露天伪装得很好，除了偶尔有一些坑坑洼洼之外，看不出有堆集所的样子。

其次是用假车辆扮演坦克和其他车辆的运动，使敌人对大量车辆在作战阵地上集结逐渐习以为常。10 月 1 日，这些必要的假卡车、大炮、武器牵引车等都要进入阵地。到了发动进攻的前一天，当进攻的各师集结时，要在夜间把假卡车换成真的作战用车。在准备进攻的各师开来的后方地区，表面上仍应保持全部的车辆密度。用假车辆替代开来的真车辆。这样做完全是为了对付敌人的高空照相侦察。早在总攻日前一个月，就为参加突击的步兵挖好了细长的战壕，供他们在 10 月 23 日昼间躺卧用，而且这些战壕都伪装得丝毫不露破绽。同时，为了表明主要突击可能来自南面，还在那里铺设了一条假输油管，铺设工作于 9 月下旬开始，施工进度表示到 11 月初才能竣工，假输油管长约 20 英里。在三个地方建造了假油泵房，并在其中两个地方建造了给水站与储油罐。此外，还用通信分队模拟将在南面发动主攻的无线电通讯。为了把伪装搞得天衣无缝，只向下层军官传达要发生什么事。而且是在 9 月 28 日至 10 月 21 日期间按军衔高低分批传达。在最后一天，传达到普通士兵，并且停止了一切休假和外出活动。这些措施产生了这样一种结果："在黄昏来临之前23日那天过得像阿拉曼前线上的任何一天。"（隆美尔语）

隆美尔在评述阿拉曼战役时指出："这一仗在攻击开始之前，就由军需官们打了并且决定了胜负。"蒙哥马利在前沿地区的后勤安排以及他在基地的后勤保障，使他的野战火炮在阿拉曼战役的几天里，一共发射了100万发炮弹，平均每门炮每天发射102发，而他的中型火炮每天发射量比这还要大。在其它方面，蒙哥马利也得到了充分保障。

蒙哥马利巧妙地部署兵力，悄悄地完成了部队的集结，那些假车辆、假大炮、假坦克迷惑了德军，在攻击之前，由真换假，从"无"到"有"，造成了攻击的突然性。

英军假炮变真

1942年9月，英军准备对德军发起反攻。反攻的地域在北非阿拉曼地区，该地德军防守较强，英军反攻是否成功的关键一是要攻其不备，二是要依靠炮兵，造成初期火力优势，以配合坦克和步兵的攻击。

为此，英军在反攻准备过程中采取了无中生有之计。

为了迷惑德军，英军工兵部队首先在阵地前沿修筑了三个半野战团的假炮兵阵地，架起一排排用电线杆冒充的大炮。这些假炮都用伪装网罩罩着，表面上虽经伪装，但故意不隐蔽严实，把假炮的破绽显露出来，让阵地对面的德军能够借助望远镜等器材透过伪装观察清楚，知道这些大炮均为假炮。德军经过观察，识破了英军的假炮阵地。认为英军已经黔驴技穷，无力发起攻击了。所以德军对正面英军的炮阵地完全丧失了应有的警惕和戒备。既然以电线杆伪装大炮，绝非有实力进行反攻，德军自然产生了错误的判断。

袁公路大起七军

正式反攻开始了。英军迅速而隐蔽地把预先备好的真炮开进假炮阵地，以真代假。这一行动组织的非常严密，德军的侦察全然没有获悉。一声令下，先前的假炮阵地真炮齐鸣，猛烈异常，全而出乎德军之所料，对于突如其来的炮火袭击，德军摸不清底细，又加平时未加足够戒备，德军惊慌失措、一派混乱。英军这一无中生有的变招，有力地配合了坦克和步兵大举攻进，为反攻胜利奠定了良好基础。

英国的“肉馅行动”

1942年下半年，盟军在非洲击败德军后，把主要攻击矛头指向意大利的西西里岛。英国情报当局为了把德军的注意力从西西里岛转移到撒丁岛和希腊，制造了一个名曰“肉馅行动”的计划。这个计划，无中生有，把本来没有的事，作为假象抛给对方，使对方产生确有其事的印象。

计划开始，英国情报机关从医院寻得一具无名男子尸体，给尸体穿上英国皇家海军陆战队战地服装，还伪造了一个英国联合行动司令部参谋马丁少校的身份证，让这个尸体作为随身携带证件，英国还伪造了死者随身携带的军事机密文件以及其他私人物品若干。“马丁少校”的尸体经过严格保护措施后，送上一艘英国王家海军潜艇，于 1943 年 4 月 30 日运往西班牙南部沿海，扔在距韦尔发城仅一英里的海滩上。同尸体一起扔在海滩上的还有一只被撞坏了的橡皮救生艇。这种场面，酷似马丁少校在乘飞机向联合舰队飞行途中，飞机坠毁，自己落海身亡，然后被海潮冲在了这个海滩上。为了使这幕假戏真演对德军产生直接影响，英国外交机构也采取了一些相应措施。当西班牙当局把“马丁少校”的尸体偷偷运走后，英国对这次“飞机失事”故作惊慌。英国驻西班牙大使很快向西班牙当局提出找寻“飞机残骸”和“遇难者”的要求，使馆海军武官还专门为此事与西班牙交涉。西班牙当时与法西斯德国关系甚密，德国情报局很重视从西班牙获取情报，驻韦尔发市的德国领事就是一个大特务头子。所以，西班牙总参谋部获得“马丁少校”尸体后迅速把其携带的证件和文件拍照，送给了德国情报机关，以献殷勤。

德国情报机关研究了文件照片后，如获至宝，迅速将这件密件报告德国大本营。在他们密报的“文件”中有两封至关重要的信：一封是蒙巴顿写给盟军总司令艾森豪威尔的；一封是英国陆军副参谋长赖德写给盟军副司令亚历山大的。信中的内容涉及英美两国联合作战问题，还透露盟军攻击的目标是撒丁岛和希腊，只是打算在西西里岛组织佯攻以作掩护。

希特勒接到这些情报，深信不疑，完全中了英军的圈套。他急忙下令将在西西里岛驻防的德军和屯集的大批物资，迅速调往撒丁岛和希腊，全力加强那里的防御。西西里这个地中海最大的岛屿，德军只留下了两个师和 9 个意大利师守卫。

在完成上述计划后，1943 年夏盟军在北非沿海港口集结了大量军队，于 7 月 9 日突然向西西里岛进发。当天夜里，盟军的空降兵、登陆兵，相继在西西里岛南部登陆上岸。由于德军大部已调往撒丁岛和希腊，这里防务相对减弱。德军防线很快被摧毁，防守海岸的意大利几个师几乎未作抵抗就瓦解了。后来，虽然德军增援两个师，但盟军仍占绝对优势。8 月 17 日，盟军占领整个西西里岛，整个战役不足 40 天即告结束。

张仪无中生有戏楚王

战国时的张仪，学了一套“纵横术”，带了几个人跑到楚国那去求富贵。因找不着登龙的途径，在楚国潦倒起来，生活非常拮据，同去的人捱不下去了，便埋怨嚷着要回家去。

张仪就说："你们是不是因为穷了，享受不到什么，就要回去呢？那根本不成问题！这样吧！再捱几天，不是我夸口，只要在见楚王之后，我包管大家吃穿不尽，否则的话，你们尽可敲碎我张仪的门牙！"

那时候，楚王正宠爱着两个美人，一个是南后，一个是郑袖。

不久，张仪见到了楚王，楚王很不喜欢他。张仪就说："我到这里也相当久了，大王还不给我一点事做，如果大王真的不喜欢用我的话，请准许我离开这里，去晋国跑一趟，看那边有没有机会碰碰！"

"好吧！你只管去吧！"楚王巴不得他赶快离开，一口答应。

"当然，不管那边有没有机会，我还是要回来一次。"张仪说，"但请问大王，对晋国有什么需要？譬如那边的土特产，我可顺便带一些回来！"

楚王冷眼向他扫一扫，淡淡地说："金银珠宝，象牙犀角，本国多的是，对于晋国的东西，没什么可稀罕的。"

"大王就不喜欢那边的美女吗？"

这句话像电流一样，楚王一听，肌肉立即放松，眼一亮，连忙问："什么，你说的是什么？"

“我说的是晋国的美女。”张仪假装正经地说，还做起手势向楚王解释。“哦——那真是妙呀！漂亮极了。晋国的女人，哪一个不似仙女一样？粉红的脸儿，雪白的肌肤，头发黑得发亮，走起路来如风摆杨柳，说话娇滴滴，简直比银铃还清脆。正所谓比花花枯谢，比月月无光，云须压衡狱，裙带系湘江……”

这一席话引得楚王的眼珠一直跟着张仪的手势转，连嘴巴也合不拢来，说：“对对对！本国是一个荒僻地区，我也从未见过晋国的那些小女子，你不说，我倒忘了，那你就给我去办，多带些这样名贵的土特产回来吧！”

“不过，大王——”

“那还用说，货款是需要的。”楚王立即给了张仪很多银子，让他从速去办。

张仪又故意把这消息传开，直传到南后和郑袖的耳朵里。两人听了大起恐慌，连忙派人去向张仪疏通，告诉他说：“我们听说张先生奉楚王之命到晋国去买土特产，特地送上盘缠，给先生做路费！”因此，张仪又刮了一把。

张仪要向楚王辞行了，装出依依不舍的样子，说：“我这一次到晋国去，路途遥远，交通不便，不知哪一天可以回来，请大王赐我几杯酒，给我壮壮胆吧。”

“行，行！”楚王客气地叫人赐酒给张仪。

张仪饮了几杯，脸红起来，又装模作样地再拜请楚王，说：“这里没有别的人，敢请大王特别开恩，叫最信得过的人出来，亲手再赐我几杯，给我更大的鼓励和勇气。”

“可以，不成问题！只要能早日完成任务！”

楚王看在“土特产”份上，特别把最宠爱的南后和郑袖请了出来，轮流给张仪敬酒。

张仪一见连忙做出连酒都不敢饮的样子，“咚”的一声跪在楚王面前，说，“请大王把我杀了吧，我欺骗大王了。”

“为什么？”楚王惊讶不已。

张仪说：“我足迹走遍天下，从未遇见有哪个女人比得上大王这两位贵妃长得这么漂亮的，过去我对大王说过要去找土特产，那是没有看过贵妃面之故，现在见了，觉得已把大王欺骗了，罪该万死！”

楚王松了口气，对张仪说：“我以为什么呢？那你不必起程了，也不必介意。我明白，天下间就根本没有谁比得上我的爱妃，是不是？”又连忙向左右贵妃献上殷勤，做了怪样。

南后和郑袖同时眨两下眼，嘴角一撇，“嗯！”

从此，楚王改变了对张仪的态度。

弘恭石显无中生有害忠

萧望之，字长倩，东海兰陵（今山东枣庄东南）人，后徙杜陵。家世以田为业。至萧望之，好学，研究齐地所传《诗经》。又习《论语》、《礼服》等，成为专家，受到京师诸儒的尊重。汉昭帝时，大将军霍光秉政，诛杀上官杰之后，出入皆列兵自卫。召见吏民时，要先搜身，然后两吏夹持而见。长史丙吉推荐萧望之给霍光，霍光召见萧望之。两吏夹持萧望之而进。而萧望之却受不了这个规定，大闹大嚷，宁愿不见霍光也不愿受人挟持。霍光听见萧望之吵闹，敕吏勿挟持。萧望之到霍光面前说："将军以功德辅幼主，将以流化天下，致于治平，足以使天下之士延颈企踵，争愿自效，以辅高明。今士之见者皆先露索挟持，恐非周公相成躬吐握之礼，致白屋之意。"霍光很不高兴，独不提拔萧望之，而任用其他几人，萧望之被派去守宫门，同门对他说："不肯碌碌，反抱关而守邪？"萧望之说："各从己志。"

霍光去世后，萧望之见霍家权势极盛，有衰败之兆，便上书陈灾异之变。后霍家被灭，萧望之开始受到重用。汉宣帝见萧望之精明持重，议论有余，材任宰相，想试一下萧望之的为政能力，便委任萧望之为左冯翊。萧望之为左冯翊三年，受到人们的称赞，宣帝延他为大鸿胪，向朝廷之建议屡被采纳。后萧望之因非难耿寿昌建长平仓，又和丞相丙吉争执，宣帝不悦，左迁萧望之为太子太傅，以《论语》、《礼服》教授皇太子。

汉宣帝病重时，选大臣之可属以后事者，召外家亲属侍中乐陵侯史高、太子太傅萧望之，少府周堪至禁中，拜史高为大司马车骑将军，萧望之为前将军光禄勋，周堪为光禄大夫，皆受遗诏辅政，领尚书事。汉宣帝去世后，汉元帝即位，萧望之和周堪做过元帝的老师，因而颇受尊重，数次被汉元帝设宴召见，言治乱，陈王事。萧望之又推荐刘氏宗室刘更生（刘向）和侍中金敞并拾遗左右，四人同心谋议，规划朝政，汉元帝对他们也比较信任。

当初，汉宣帝在世时，不太注重儒术，而多用法律之士，中书宦官开始参予政事。中书令宦弘恭、石显久典枢机，明习文法，也和车骑将军史高相为表里，论议朝政常持故法而不从萧望之等人。弘恭和石显二人不能持正公平，多挑起事端。萧望之以为，中书为国家政治之根本，应选用贤明的人来充任。自汉武帝游宴后庭，为图省力而开始任用宦官，但此非汉家旧制，又违背不近刑余之人的古训。因此，萧望之向元帝建议中书官应选士人充任。而此举正和史高、弘恭，石显之辈相抵触。当时，汉元帝刚即位不久，谦让而重改作，讨论了很久而不能确定下来，刘更生反而被他们排挤出去任宗正之职。

萧望之和周堪是当时很有威望的学者，数次向汉元帝推荐名儒茂材以充任谏官。会稽（今浙江绍兴）人郑朋暗中想依附萧望之，向汉元帝上书告发车骑将军史高派遣门客在郡国地方图谋奸利，以及许家和史家子弟的各种罪过。元帝接到郑朋的奏折后，拿给周堪看，周堪请元帝让郑朋待诏金马门。郑朋又上奏赞扬萧望之说：“将军体

曹孟德会合三将

周、召之德，秉公绰之质，有卞、庄之威，至乎耳顺之年（六十岁），履折冲之位，号至将军，诚为士人之高致。窟穴黎庶（平民）莫不欢喜，都说国家委任将军诚得其人也。”萧望之接待了郑朋。郑朋几次在朝堂称述萧望之，而攻击车骑将军史高，谈许氏和史氏的过失。

后来，郑朋行为倾邪阴险，萧望之便和他断绝了来往。郑朋和大司农史李宫俱待诏，周堪只推荐了李宫为黄门郎。郑朋因此心怀怨恨，转而投靠许、史两家，将以前的事情都推到别人身上，说：“这都是周堪和刘更生他们教我的。我是关东人，怎么知道这些事情？”侍中许章向汉元帝引见了郑朋。郑朋出宫后，扬言说：“我见了皇帝陛下，谈了前将军的五个小过失，一个大罪。中书令在旁边，知道我是怎么讲的。”萧望之听说后，去问弘恭和石显。弘恭和石显怕萧望之自己向汉元帝倾诉，而使这件事由他人处理，便挟制郑朋和待诏华龙。华龙在宣帝时也是待诏，品行不端，升不上去。想投靠周堪等，不被接纳，这时便和郑朋相勾结，弘恭和石显命他二人向汉元帝告萧望之等人准备斥退车骑将军史高和许、史二家，趁萧望之放假回家休息，让二人入宫上奏。汉元帝将此事交给弘恭处理，萧望之回答说：“外戚之在位者多奢侈淫靡，这样做是为匡正国家，非为个人。”弘恭、石显便告“萧望之、周堪、刘更生等结为朋党，互相称举，数次诽谤大臣，诋毁离间陛下的亲戚，欲以专擅权势，为臣不忠，诬上不道，请谒者召致廷尉。”当时，汉元帝刚刚即位，不知道“谒者召致廷尉”的意思就是下狱，便同意了。后来，元帝要召见周堪和萧望之，左右回答说已关进了监狱，元帝一听大惊，说：“不是讲让廷尉查问一下吗？”召责弘恭和石显，二人皆叩头道歉。元帝下令让二人出狱视事。弘恭和石显去找史高，让史高对汉元帝说：“皇上刚刚即位，未以德化闻于天下，而先验师傅。既然已经将九卿下狱，那就应当审问清楚。元帝便下诏说：“前将军萧望之傅朕八年，没有其他罪过，今事已久远，志忘难明。其赦萧望之罪，收前将军光禄勋印绶，以及周堪、刘更生等，皆免为庶人。”而郑朋却当上了黄门郎。

几个月后，汉元帝又下诏：“国之将兴，尊师而重傅，故前将军萧望之傅朕八年，道以经术，此功劳非小。其赐萧望之关内侯，食邑六百户，坐次将军。”汉元帝正想倚重萧望之，任萧望之为丞相，正赶上萧望之的儿子萧仅上书讼父亲无罪，事下有司，复奏“萧望之教子上书，称引《诗经》，失大臣之体，不敬，请逮捕。”弘恭和石显知道萧望之平素志节高尚，不肯受任何屈辱，便对汉元帝说：“萧望之为将军辅政，想排斥许、史二家，专擅朝政。幸得不被治罪，又赐以爵位，与闻政事，不悔过服罪，则圣朝天以施恩厚。汉元帝说：“萧太傅平素十分刚强，怎么肯让狱吏去审问他？”石显便哄骗汉元帝说：“人命至重，萧望之只是犯了言语之罪，不会有什么事。”汉元帝便同意了。石显等见诡计得逞，立即将诏令交给谒者去敕令萧望之接旨，一面令太常赶快调发执金吾所属军队包围萧望之的家。使者至，召萧望之，萧望之想自杀，夫人拦住了他，以为此非天子之意。萧望之问门生朱云，朱云是个节烈之士，劝萧望之自杀。于是，萧望之仰天长叹，说：“我曾经备位将相，年过六十，老而入狱，苟求活命，那样不是太没有一点骨气了吗？”之后便喝药自杀了。汉元帝知道后大惊，说：“我本来就知道他不肯就牢狱。你们果然杀了我的师傅！”元帝当时正在吃饭，气得连饭也吃不下，哭了起来。之后又召石显等人问情况。石显见奸意已逞，又摸透了元帝的脾气，只是免冠而谢。汉元帝虽然为师傅的死而悲伤，却不知道将罪魁祸首石显等人治罪，实在可悲。

弘恭、石显等人完全以无中生有之计，将萧望之害死，令人发指。

桓温编造床第秘事诬陷晋废帝

东晋时桓温把持朝政，拥兵自重，野心勃勃，想自立为帝。桓温曾经抚枕慨叹道："男子汉不能流芳百世，也应当遗臭万年！"方术之士杜炅，能预测人的贵贱，桓温问他自己的官位能到什么地步。杜炅说："明公的功勋举世无双，官位能到大臣的顶峰。"桓温听后不高兴。桓温想先在河朔建立战功，以此为自己赢得更大的声望，回来后接受加九锡的礼遇。等到在枋头失败，他的威赫名声陷于困顿，受到挫折。攻克寿春以后，桓温对参军郗超说："这足以雪枋头的耻辱了吧？"郗超说："没有。"过了许久，郗超到桓温的住所留宿，半夜时分对桓温说："明公在这里没有考虑什么吗？"桓温说："你想有话对我说吗？"郗超说："明公承担着天下的重任，如今以六十高龄，却在一次大规模的行动中失败，如果不建立非常的功勋，就不足以镇服、满足百姓的愿望！"桓温说："那么该怎么办呢？"郗超说："明公不干伊尹放逐太甲、霍光废黜昌邑王那样的事情，就无法建立大的威势与权力，镇压四海。"桓温历来怀有此心，对郗超所说的深以为然，于是就和他商定计议。考虑到简文帝平素谨慎小心，没有什么过错，而利用床第之事则容易对他进行诬陷，于是就说：“皇上早就患有阳痿，宠臣相龙、计好、朱灵宝等，参与服侍起居床第之事，与田氏、孟氏两位美人生下了三个儿子，将要设立太子赐封王位，转移皇上的基业。”并将这话秘密地传播到民间，当时的人们都无法辨别真假。

民间所传，本非根据，但飞短流长的谣言力量是巨大的，传谣不久散到宫中，褚太后也时有所闻。现在拥兵势众的大司马桓温特来建康，呈奏章专言此事，听了谣言，心头已有疑惑的褚太后未等奏章看完，就拿笔批写道：“未亡人不幸罹此百忧，感念存殁，心焉如割。”交内侍还折桓温，桓温见奏章退回，而且没有驳议之处，立即命人草诏。十一月己酉日（1 月 6 日），桓温聚集百官，以褚太后名义下诏令，当庭宣告：王室艰难，穆帝司马聃、哀帝司马丕均短祚，国嗣不育，储宫靡立。啷琊王司马奕，为哀帝亲弟，故此登大位。但是司马奕不图建德，反而昏浊溃乱，动违礼度。信用朱灵宝等人，生下的三个孽子，还不知是谁的种子。司马奕人伦道丧，丑声遐布。既不能奉守社稷，敬承宗庙，且昏孽并大，还想建树储藩，立不知谁姓的孽种为嗣，诬罔祖宗，倾移皇基，是而可忍，孰不可怀！命废司马奕为东海王，以王还第，供卫之仪，仿照汉时霍光废昌邑故事。念及此事虽然心如割肉痛心，但为社稷大计，义不获已。丞相录尚书事会稽王司马昱，体自中宗，明德劭令，英秀玄虚，神契事外，以具瞻允塞，又长时负有人望，故顺从天人之心，以统皇极。

诏令一下，百官相继失色，但得知是秉政的大司马桓温所倡言，又是王公之中势强的司马昱登位，谁也不敢再言。当天，桓温派散骑侍郎刘享，前去宫中收回废帝玺绶，逼司马奕快速离宫。时值仲秋，天气尚暖，司马奕身穿白蛤单衣，一步一步走下西堂，乘犊车由神兽门出宫。朝中大臣一一拜辞，远望废帝，想起来莫不袷欷。侍御史殿中监，领兵士百名，护送司马奕萧瑟而去，抵达东海府第，司马奕从此屈身忍辱，被迫做起了一个知命的东海王，直到死去。

司马奕被废当天，桓温率领百官，热热闹闹地到会稽王府前迎司马昱，昱单衣东向，拜受玺绶，旋入宫换上皇帝的龙袍，改年咸安元年，是为东晋简文帝。

从上述史实可以看出，桓温为逼晋帝司马奕退位，可谓机关算尽，主意冠绝。司马奕自公元 266 年建元太和，在位六年，没有什么丧失帝德之处，何况当时桓温身为大司马，一切外政实由他所出，而朝政又有会稽王司马昱为丞相，司马奕处在两人内外夹缝中，与傀儡相比，也没有什么两样。桓温在司马奕身上找不到什么可以指摘之处，用谋士郗超之计，制造谣言，说废帝有痿疾，不能御女传种，所生三个儿子也是嬖人朱灵宝等人的孽种。这样的谣言，真是登峰造极了。帝王的宫闱床第秘事，谁人能去证实？就是处长辈位置的褚太后也恐怕不能去亲自证实的。田氏、孟氏所生的三个男儿，到底是谁人的孩子，在科学发达的今天，是可以借用遗传基因学说证实的，东晋时候，还没有如此先进技术，所以谣言高涨到宫中，而大司马桓温又以势施加压力的时候，妇道女人的褚太后还有什么话可讲，只能说心如被割，如绞肉之痛，自叹不幸而已。古今中外，实施无中生有之计者，就凭空捏造、无事造谣这一点来讲，超出桓温者可谓廖廖无几，是可以同秦时赵高指鹿为马，无事生非相提并论的人物。当然，这中间也有郗超的功劳。郗超是一向自视甚高的桓温所信用的第一谋士，桓温手下的人都说，留着连鬓胡子的髯参军郗超，“能令公喜，能令公怒”。郗超很善于揣摩桓温的心思，也得到了桓温礼遇器重。桓温产生废司马奕的想法，也是与郗超的鼓动大有关系。自东晋定都建康以来，不少有志之士，不甘忍辱江南，有志北伐恢复旧地。东晋成帝、康帝时期，庾亮、庾翼、庾冰等兄弟先后倡议北伐，但每每因为东晋朝廷内部的势力牵制，都没有大的进展。桓温是个有才干，又有大志的人，人称眼如紫石棱，须作猥毛砾，是孙仲谋，晋宣王一类的人物。他是晋明帝司马绍的女婿，和主张北伐的庾翼关系密切。庾翼认为他少有雄略，可以委重任，托付救助危难的大业，特别向晋明帝推荐。庾氏兄弟去逝后，他不懈北伐之志，永和二年（公元 364 年），他上表请求率兵伐蜀，次年，他攻克成都，俘虏蜀帝李势，灭了蜀汉，一时威名大震。桓温有心北伐，且借功立威，但主政的会稽王司马昱重用殷浩，牵制桓温，以平衡权力。殷浩于永和八年（公元 352 年），九年（公元 353 年）两次率师出伐，结果却失败而返，接着才有桓温永和十年、十二年的两次北伐取得胜利。永和十二年，桓温乘军事上得手，上表东晋朝廷，请求朝廷过江北上，都迁洛阳，实际上是想以功要挟朝廷。北迁之议遭到反对，不久，桓温被任命为大司马、都督中外诸军事、录尚书事等职，成了东晋朝廷在外的权臣。虽然后来，司马昱想把他调往京城建康，以削减其势。但桓温借口国事危险，“镇守遐外，据守河洛，不敢解带逍遥于朝中”。他不仅不肯入朝，还想凭军功封爵，加受九锡，实现勋格宇宙，位极人臣的心愿。他曾对左右亲信说：“为尔寂寂，恐将为文景所笑。”担心无所作为。他甚至说：“不能流芳百世，亦当遗臭万年。”太和四年（369 年）他再次上疏，要求北伐前燕，结果在枋头（河南浚县境）等地，陷入困境，第三次北伐失利而终。枋头兵败，桓温遭到时议，声名顿挫。此战之前，谋臣郗超曾建议直趋邺城，缓兵作战方略，但桓温弃之不用，后来果然致败，所以到了太和六年（371 年），他统兵攻克寿阳后，就得意地对郗超说“此次战胜，能雪前耻否？”。郗超说“尚未”。郗超知道桓温心雄，自己的回答对桓温是一大

贾文和料敌决胜

刺激，当晚便同桓温共宿，至半夜时语及桓温："明公要镇惬民望，非立大功不可。只有建有伊尹、霍光盛举，行废立大事，以此宣威四海，震服宇内兆民。"于是献上架诬司马奕之计，把床笫之上，这种无法对质的秘事广为传播。谣言本是"空无"，废司马奕以达建功立威才是桓温真正的目的。桓温借助谣言，撰书上奏，褚太后对认真起来的大司马，只能顺其意愿。当太后诏令在朝中宣读，司马奕由此被逐出宫廷，贬为东海王的时候，桓温的无中生有计策完全成功了。只是桓温命薄，他立了司马昱，是想做了皇帝的司马昱能感其恩，行禅让，但司马氏的天下岂能轻易拱手相让，风雅的简文帝这时每见桓温，以泪洗面，使其行禅让之言难以开口。又吟咏"志士痛朝危，忠臣哀主辱"等诗句，感动了桓温的谋臣郗超，郗超以家族百口作为担保，保证不让司马奕之事再在简文帝身上发生。郗超的消极筹谋，加上朝中谢安等人的有意拖延，直到桓温临死，未能受九锡，行禅让故事，当然这些都是后话了。

刘腾元义无中生有害元怿

北魏太傅、侍中、清河文献王元怿，神采仪表俱佳，胡太后迫使他接受宠幸。但是元怿素有才能，辅政多所匡益，又爱好文学，对士大夫很尊敬，在社会上的声望很高。侍中、领军将军元义在门下省，又兼任统管禁卫之兵，他倚仗太后的宠幸骄傲放肆，穷奢极欲，元怿常常按法律治裁他，因此元义非常怨恨元怿。卫将军、仪同三司刘腾的权势在朝廷内外都很大，吏部为了讨刘腾的欢心，奏请任命刘腾的弟弟为郡太守，但是因刘腾的弟弟无论才能和资历都不够格，元怿便压下来，不肯上报，因此刘腾也怨恨他了。龙骧府长史宋维是宋弁的儿子，元怿推荐他作了通直郎，但是宋维实际上是个轻薄无行之徒。元义答应使宋维荣华富贵，让宋维告司染都尉韩文殊父子二人谋划叛乱，要立元怿为王。元怿因此而被监禁，经过查验，没有发现谋反的行为，才被释放。宋维因诬告而应当坐以谋反作乱之罪，元义对太后说："如果现在杀了宋维，以后有了真反叛的人，谁也不敢报告了。"于是只把宋维贬为昌平郡太守。

元义怕元怿最终成为自己的心头之患，就和刘腾密谋，让主食中黄门胡定自己供认说："元怿贿赂我，让我毒死皇上，许诺如果他做了皇上，便让我荣华富贵。"北魏孝明帝当时只有十一岁，相信了胡定的诬陷。秋季，七月丙子（初四），胡太后在嘉福殿，没有到前殿来，元义奉侍皇帝来到显阳殿，刘腾关闭了永苍门，胡太后不能出来。元怿入宫，在含章殿后遇上了元义，元义厉声喝止，不许元怿进入，元怿说：“你想造反吗？”元义说：“我不造反，我正想抓要造反的人呢！”于是命令宗士和直斋们揪住元怿的衣袖，把他送到含章东省，派人看守住他。刘腾伪称皇上的命令召集公卿们来议论，数说元怿谋反的罪状；大家都畏惧元义，没有人敢表示不同意见，只有仆射新泰文贞公游肇反驳说元怿不可能谋反，到底也没有下笔签名。

元义、刘腾拿着王公们的意见进宫，很快就得到孝明帝批准，半夜时杀掉了元怿。于是他们又伪装胡太后的旨令，说她自己有了病，要将政权交还给孝明帝。他们把胡太后囚禁在北宫的宣光殿，宫门昼夜都关闭着，内外隔断，刘腾自己掌管着钥匙，连孝明帝都不能探视，只允许递送食物。胡太后的衣服饮食都不能像原来那样了，因此免不了忍饥受寒，于是她叹息道：“养虎却被虎吃掉了，说的就是我呀。”元义又派中常侍贾粲陪侍孝明帝读书，暗中命令他提防监视孝明帝的行动。元义便与大师高阳王元雍等人一同辅政，孝明帝称元义为姨父。元义和刘腾内外专权，相互勾结，元义专管抵挡来自于朝廷之外的攻击，刘腾负责对朝廷内部的监视。他们常常在宫中值勤，一同决定赏罚，政事不论大小，都由他们两人决定，他们威震朝廷内外，以致百官们个个小心翼翼，不敢轻举妄动。

朝野之人听到元怿的死讯，莫不痛心疾首，甚至胡夷中有好几百人痛哭他的死时都划破了面孔。游肇气愤不过死掉了。

刘腾、元义的第二次诬告栽赃活动是成功的。其原因首先是诬告得人。由皇帝的膳食厨师作诬告人，假称是元怿让他们在皇帝的饮食中下毒药。皇帝还活着，说明毒药还没有下。但还没有下毒药，不代表不想、不打算下毒药，这个想打算的问题，是存在于人的头脑中的，了无实证的事，你说有它就有，你说无它就无。其次是欺骗对象选择得好，孝明帝是个 11 岁的孩子，听说叛反，只会跟元义向前宫跑，那有心思再仔细考虑刘腾、元义所说的是否是事实，只能被其愚弄欺骗。刘腾、元义在朝中又有势力，一个是权宦，一个是皇亲贵族，都是政权、军权集于一人，平时单手能遮天的人物，谁又敢与他们作对。即使个别人反对，也是难成气候。加上刘腾、元义速斩元怿，想救也来不及了。能够辨识刘腾、元义所说真伪的人是胡太后，可是胡太后此时是身不由己，已被刘腾等人控制软禁在后宫，元怿被杀，胡太后明白他是被诬杀，曾经伤心流泪过，但没有多少天，刘腾、元义又以胡太后名义宣旨，太后决定敬逊别宫，退政归居，处于实际被废的地位。由此开始，元义、刘腾执领北魏朝政，中间虽有胡太后的侄儿及张东渠等人谋杀元义；中山王兀熙、城阳王元徽等皇族起兵图谋执杀刘腾、元义；右卫将军奚康生谋刺元义等事件，结果都是以失败告终。直到孝昌元年（公元525年），胡太后才在一些王公大臣谋划下，复位出宫，再次临朝听政。

张巡无中生有奇智应机

唐玄宗天宝年间，安禄山、史思明反叛朝廷，酿成涂炭万民的“安史之乱”，真源县（今河南鹿邑）令张巡率兵勤王，召集各地兵马，抗击安禄山，阻止叛军西进。

雍丘（今河南杞县）县令令狐潮叛降安禄山，被张巡等人攻破雍丘，张巡率不足三千人马占据雍丘。不久，令狐潮又纠合四万人马，反围雍丘。张巡几次出兵，虽将令狐潮的人马击败，但他手中的箭矢却消耗将尽。为此，张巡十分焦急。当年诸葛亮“草船借箭”的故事启发了他，于是，他立即下令搜集城中稻草，扎成一千多个草人，穿上黑衣。到了晚上，张巡命士兵用绳子将草人拴住吊下城去。令狐潮发现后，以为张巡率兵出城夜袭，但又不敢贸然进攻，慌忙下令射箭，同时调遣部队准备迎敌。叛军得令，争相发箭，一时间箭如雨下。后来，令狐潮见张巡的部队爬上吊下十分忙碌，心生疑虑，仔细观察，方才觉得上了大当，急令停止射箭，而这时张巡那里却已经收得了几十万支箭了。

第二天晚上，张巡又命士卒继续吊放下草人，城外叛军见了哈哈大笑，并不戒备。于是张巡挑选出五百壮士，仍旧穿上黑衣吊下城来，叛军以为张巡故技重演，毫不理会。哪想五百壮士下得城来，直袭令狐潮大营，立时杀声震天。张巡见状又大开城门，挥兵冲出，只杀得令狐潮全军溃逃，唐军一直追杀了十余里方才凯旋。

此后，安庆绪派尹子奇为汴州刺史、河南节度使，率十三万精锐叛军进兵睢阳（今河南商丘南）。睢阳守将许远急忙求救于张巡，张巡立即引兵进入睢阳，与许远合兵一处，同守睢阳。尹子奇督军猛攻睢阳城，张巡率兵固守，靠他的应机而变的智谋多次挫败叛军的攻势。

尹子奇命部下建造云梯，形状就象半个彩虹，上边可装载二百名精猛悍勇之卒，准备一举破城。张巡早就探得了叛军的情况，命人在城墙上暗中凿了三个大洞，待到叛军云梯推到时，从洞中伸出一根装有铁钩的大木头，将云梯钩住，使它不能后退；再从另一洞中伸出一根大木头顶住云梯，使之不能前行；再从最后一个洞中伸出一根前端装有铁笼的大木头，铁笼里点着火，一下将云梯点燃。上边的叛兵不是跳下摔死，便是被火烧死。

尹子奇一计不成，又生一计，命部下运送土袋、木柴堆积在城墙下、企图垒成台阶，用以登城。张巡命手下悄悄往叛军堆积的土袋、木柴旁扔下松明、干蒿等易燃之物，等到叛军的登城台阶忙活了十几天，将要完成时，命人顺风将其点燃，一时间火光冲天，不大一会儿功夫便将它烧毁了。睢阳城终不可破。

朱元璋无中生事逼杀傅友德

明洪武二十七年（公元 1394 年）十一月，太祖朱元璋令在宫殿上大宴朝臣，太子太师、颖国公傅友德也在邀请之列。恰好，他的两个儿子驸马都尉傅忠、金吾卫镇抚傅让在御前值日。宴会尚未开始，朱元璋出殿稍作巡视，瞥见傅让忘了佩带箭囊，立即高声斥责傅让行为傲慢，不守礼仪。坐在御座旁的傅友德连忙躬腰站起，打算代子陪罪。陪罪之话尚未出口，却听耳边又响起朱元璋对自己的声责，说他对皇家大不敬。太祖话完不久，要傅友德把傅忠，傅让召来，傅友德情知不好，赶紧往殿外走去，将至大殿门口，禁兵传旨：携二子首级来见。友德听旨，宛如五雷轰顶，挣扎着走向殿外，一会儿，双手提着两个爱子首级直奔大殿，来到朱元璋面前，盯着太祖一言不发。朱元璋见傅友德上殿，故作吃惊状，又大声叫道："你怎么如此残忍啊！莫不是想以此怨恨朕吧。"傅友德被逼亲杀两子，已失常态，又听朱元璋如此诬陷，再也控制不住自己的感情，随之高声回太祖："你不是早想要我们父子的人头，现在不是正合了你的意愿吗！"话完，抽出佩剑，引颈自刎。朱元璋随之下令，削友德爵封，妻儿发配辽东等地。

朱元璋欲杀傅友德，又要找到一个合适的借口，借口不好找，只能无事生事。于是以其子箭囊未备为由，让傅友德亲自召两子上殿见君，傅友德早先站起来为儿子陪罪，朱元璋又不给其说话的机会，连带傅友德责骂，已见别有用心。等到傅友德出殿召子，半路上朱元璋让士兵传旨，携其两子首级前来相见。箭囊未备，是罪不至死的，既定死罪，何故又要杀已备箭囊的傅忠呢？傅友德真的杀了两子，待其上殿，朱元璋又装做吃惊状，甚至斥友德杀子是残忍，是以此怨恨君主。世上人情，亲莫如父子，谁家的父亲愿意斩杀自己的孩子呢？傅友德被元璋威逼手杀两子，还要被加上一个“残忍”“罪君”的帽子，真是欲加之罪，何患无辞。朱元璋身为君主，在封建时代，君叫臣死，臣不得不死。但傅友德是开国功勋，到了洪武二十七年光景，又是朝中仅剩无几的元勋重臣，要顺理成章地杀傅友德，并不怎么容易。朱元璋在此施行了无中生有之法，只不过身为君主地位，其法实施中，与一般的阴陷栽赃有所不同，一切都是在光天化日之下进行。从傅让因箭囊事被怒斥到傅友德亲杀儿子，朱元璋无风起浪，以欺诈手法有意构事。从傅友德携两子首级上殿，到引剑自刎，朱元璋是大耍诬赃陷害。明明是自己传旨杀人，却当面不承认，还给傅友德加上一个残忍、怨君的罪名，这里，朱元璋耍了两个鬼伎：一是传旨傅友德时，不在大殿上公开宣布，而是半路上让士兵传旨，让其他人难辨事实真象。二是故作假象，以势压人。傅友德刚刚手杀爱子，其怒难抑，有怨难诉，待其怒火中烧，心情激动，面见元璋无言时，故意装做一副出乎意料之外的吃惊假象，接着挟天子之势，大发龙威，栽赃傅友德。好像傅忠兄弟死，最伤心、最受害的是自己，而最残忍的人就是傅友德了。傅友德性情刚烈，焉能受其奇辱，只好自刎，以省却朱元璋动手了。临死之前，傅友德揭破了朱元璋的用心：说你不是早就要我们父子的人头，这样做不遂了你的心愿吗？难得傅友德如此善断，只是马后之炮，言亦无用。

夏侯焞拔矢啖睛

傅友德被无中生有逼杀，是朱元璋建国登位之后，对功勋元老势力集团大肆杀伐的政治清洗运动的继续和扩大。朱元璋是一个从托钵行乞的贫僧，乘乱而起以武力征战，一跃升到至尊的皇位的。起事之初，他广罗贤才，傅友德从1361年投奔朱元璋后，多次跟随元璋征战，立有赫赫战功。朱元璋称赞他

“勇略冠诸军，可授先锋，当一面”。洪武三年，朱元璋封傅友德为开国辅运推诚宣力武臣、荣禄大夫、柱国，食禄一千五百石，位列开国二十八侯，赐给诰命、铁券。平征川蜀时，朱元璋撰文纪念，傅友德功列第一。后来北征元朝、平定云南，屯田边塞等，傅友德均有建树，被加封颖国公、右柱国，食三千石，还把寿春公主嫁给其子傅忠，又册立其女为晋王世子济之妃，成了皇帝的亲戚。但是当明朝政权刚刚稳固，朱元璋就忌惮起往日的功臣勋贵，担心这些开国元勋势力恒赫，尾大不掉，威胁到朱氏王朝的利益和儿孙们未来河山的稳固。而一些开国功臣慢慢地也恃功骄恣，纵情不法，又互相倾轧，结党朋比，形成了李善长、胡惟庸等淮西勋贵集团，有刘基等浙东名士豪族势力。立国伊始，朱元璋即着手加强中央集权制度，多次给予文武功勋警告，要他们注意晚节。不可“事主之心日骄，富贵之志日淫”。洪武五年，颁布《铁榜文》，严禁公侯与都司卫所军官相互结纳，或侵夺田地等不法之事，对功臣权限亦颁文加以限制。次年，颁布《大明律》，明确宣布“重典治国”的治政方略。朱元璋还号召功臣元勋，仿效信国公汤和，解甲归田，富贵还乡。但这些功臣宿将，罕有响应，令朱元璋大为气恼。为了消除隐患，永保朱家子孙的政权稳固，朱元璋不惜大动干戈，屡兴大狱，行瓜蔓抄，消灭异己。洪武十三年（1380年），左丞相胡惟庸仅凭几个人的口供；被定为“谋不轨”大罪，诛杀。此案延续到十年之后，洪武二十三年，又为朱元璋借题发挥，大兴党狱，随意罗织，明朝首任丞相，位列开国第一名臣的韩国公李善长，以知情不报，即是心存异心、罪同反叛等十大罪名，伏诛，其妻、女、弟、侄家门70多人亦连坐诛死。列侯陆胜亭及唐胜宗、费聚、朱亮祖等元勋均被株连网中，因胡案蔓引牵连，被杀的有三万余人之多。洪武二十六年（1393年），朱元璋又兴蓝玉大狱，凉国公蓝玉、列侯张翼等人伏诛，牵连者又是上万人。以上几次大狱后，开国元勋宿将几乎尽戮，傅友德因为长时在外备边等原因，得以幸免。李善长被赐死后，朱元璋曾改撰勋臣榜，傅友德因机谋善战，取荆楚吴越，下中原滇蜀，征金山等功，再次榜列其中。

傅友德位列勋臣榜上一年多时间后，就倒在了血泊之中，其中亦有他与太祖朱元璋的利害矛盾冲突加剧相关。洪武二十五年（1392年），傅友德请求朱元璋拨其老家怀远官田作为园圃供他使用，遭元璋严厉责骂。蓝玉案后，同傅友德经常一起出征的定远侯王弼到傅友德处，私下感叹：“皇上春秋日高，喜怒无常，令人捉摸不定，我们会不会也被罗织进去，没有一个好下场呢？”两人室中相叙，未料隔墙有耳，被特务听去，报与朱元璋。由此，祸根埋下，不久朱元璋就导演了一场无中生有的戏剧杰作。

珠宝店精心制作假象轰动首都全城

几年前，在美国肯塔基州的一个小镇上，有一家格调高雅的餐厅。店老板察觉到每星期二生意总是格外冷清，门可罗雀。

又到了一个星期二，店里照样是客人寥寥无几。店老板闲来无事，随便翻阅起了当地的电话号簿。他发现当地竟有一名叫约翰韦恩的人，与美国当时的大明星同名同姓，这个偶然的发现，使他的心为之一动。他立即打电话给这位约翰韦恩说，他的名字是在电话号码簿中随便抽样选出来的，他可以免费获得该餐厅的双份晚餐，时间是下星期二晚上8点，欢迎他偕夫人一起来。约翰韦恩欣然应邀。

第二天，这家餐厅门口贴出了一幅巨型海报，上面写着“欢迎约翰韦恩下星期二光临本餐厅”，这张海报引起了当地居民的骚动和瞩目。

到了星期二，来客大增，创下了该餐厅有史以来的最高纪录。尤其是那个晚上，6点钟还不到就有人在等着被安排座位，7点钟队伍已排到大门外，8点钟店内已挤得水泄不通。大家都想一睹约翰韦恩这位巨星的风采。

过一会儿，店里的扩音器广播道："各位女士，各位先生，约翰韦恩光临本店，让我们一起欢迎他和他的夫人。"

霎时，餐厅里鸦雀无声，众人的目光一齐投向大门口，谁知那儿竟站着一位典型的肯塔基州老农民，身旁站着一位同他一样不起眼的夫人。原来这位矮小的仁兄就是约翰。

店老板非常尴尬、惶恐，后悔这个安排太荒谬、离谱，但就在这时，人们顿时明白了这是怎么回事，于是在寂静了一刻之后，突然爆发出掌声和欢笑声，客人们簇拥着约翰夫妇上座，并要求与他们合影留念。

从此以后，店老板又继续从电话号码簿上寻找一些与名人同名的人，请他们星期二来晚餐，并出示海报，普告乡亲。于是，"猜猜谁来晚餐"，"将是什么人来晚餐"的话题，为生意清淡的星期二带来了高潮。

在英国的伦敦，有一家小型的珠宝店，开张伊始店老板就扬言，要获得令同行们刮目相看的经营业绩。然而，4年以来，因经营不善，濒临倒闭，同行们都讥讽他是“癞蛤蟆想吃天鹅肉”。店老板真是走投无路，冥思苦想着改善困境的对策。

机会终于来了。1985年，查尔斯王子和黛安娜王妃要举行婚礼，一时成为轰动英国以至全世界的新闻。黛安娜王妃容貌绝伦、仪态超群，令绝大多数英国人为之仰慕、倾倒，她甚至成了众多青年人崇敬的偶像。店老板想，如果能抓住这个千载难逢的机会，利用公众对王子王妃婚礼盛典的专注心理，导演一出虚假而又逼真的广告活剧，必定能使自己的珠宝店摆脱困境，大发其财。

于是，他四处搜寻长得像黛安娜王妃的年轻女子。历经艰苦，终于被他找到了一个相貌酷似黛安娜的时装模特。他重金聘用这个模特，对她从服饰、发型到神态、气质都做了煞费苦心的模仿训练。待到看不出破绽之后，店老板便向电视台记者发出了暗示：明晚将有英国最著名的佳宾光临自己的珠宝店，采访这条新闻的条件是电视片中不得加入解说词。

第二天晚上，这家珠宝店灯火辉煌，店老板衣冠一新，神采奕奕地站在店门口，像是要恭候要人光临。此举顿时吸引得许多过往行人驻足观望。不一会儿，一辆豪华的轿车缓缓地驰到了门口，车一停下来，店老板便立即走上前去彬彬有礼地打开了门。那位相貌酷似黛安娜王妃的模特从容地从车上走下来，嫣然一笑，还向聚拢来的行人点头致意。有人喊了一声：“看，黛安娜王妃。”众人真的以为是黛安娜王妃来了，不及辨别便蜂拥而上，争相一睹黛安娜王妃的风采，挤到前头的青少年还为吻上了“黛安娜王妃的手”而得意非常。电视台的记者不敢怠慢，急忙打开录像机频频摇动，警察怕影响“王妃”的活动，急忙过来维持秩序。

店老板此时更是从容不迫，先是感谢“王妃”的光临，随后笑容可掬地引她参观，店员们按老板的吩咐，相继介绍项链、耳环、钻石等名贵饰品，“黛安娜王妃”则面露欣喜，边挑边称赞。

第二天，电视台播放了这出以假乱真的新闻录像，因受老板的关照，被蒙在鼓里的记者，把它拍成了“默片”，自始至终没有一句话和一句解说词。屏幕上出现的只是热烈非常的场面和珠宝店的店客。这一下震动了伦敦全城，人们纷纷传播这个重要的新闻，原来不知道这家珠宝店的人们不住地打听这家珠宝店的地址，都想在“黛安娜王妃”来过的珠宝店里买一件首饰当作礼品送人。青年人，黛安娜迷们爱屋及乌，络绎不绝地跑来抢购“黛安娜”所喜爱的各种首饰。原来生意清淡、门可罗雀的小珠宝店，顿时门庭若市，生意兴隆，叫老板和店员们应接不暇。短短的一个星期，这家珠宝店就获利10万英镑，超过开业4年来的总和。

这则消息传到白金汉宫，惊动了皇家贵族，皇家发言人立即郑重地发表声明：“经查日程安排，王妃没有去过那家珠宝店。”要求法院判处那家珠宝店的老板犯了诈骗罪。发了大财的珠宝店老板却振振有词地说：“电视片中没有一句话，我也没有说佳宾是黛安娜，这在法律上不能构成犯罪，至于围观的公众‘想当然’地把她当成王妃，我是无法阻止的。”

珠宝店老板利用假王妃，大肆制造社会新闻，使得伦敦全城沸沸扬扬，珠宝店也因此柳暗花明，绝处逢生。此举假借了权威效应，珠宝店老板深知黛安娜王妃在英国公众心目中的权威性，故请来一位模特扮演成王妃，光顾他的珠宝店，又巧妙地通过电视台加以宣传，从而大大提高了他的珠宝店的知名度和美誉度，吸引来众多的顾客，实现了预期的宣传效果，扩大了销售。这种手段，从道德上说，有愚弄公众之嫌，不宜提倡，但是，若能正确地在商业活动中利用权威效能，则是值得赞扬的。

阿丽克斯无中生有擒罪犯

有个叫阿丽克斯的英国少妇，一天在她丈夫房间，竟意外发现丈夫的写字台抽屉里收藏了一个罪犯的资料。这个罪犯专找有钱的女人结婚，尔后设计害死她们，把钱财占为己有。阿丽克斯仔细瞧了瞧资料上罪犯的照片，差点昏厥过去。原来这罪犯竟是自己的新婚夫婿——杰拉尔德·马可。

曹阿瞒许田打围

阿丽克斯正想离开寓所，却见丈夫手里拿着铁锹走进院子。她赶紧给朋友打了报警电话，然后若无其事地端起一杯咖啡，递给刚进屋的丈夫。

丈夫喝了口咖啡，说："走吧，我们去整理一下地窖。"

阿丽克斯知道丈夫要杀她了，但她明白自己无法逃走，就灵机一动，编造了一个故事。

“马可，我要向你忏悔。我过去曾和一个有钱的男人结婚，我假装对他好，每天晚上为他煮咖啡。有一次我把一种叫天子仙碱的毒药放在咖啡里，他喝了后就很快死了。我为此得到了巨额人寿保险金和他的全部财产。现在轮到你了。”

杰拉尔德听后脸色惨白，拼命用手抠自己的喉咙：“怪不得咖啡这么苦，原来你投了毒。”说着朝阿丽克斯扑了过来。

阿丽克斯道：“你喝得不多，还不会马上死去，不过你现在已离不开这所房间了。”

罪犯精神受到了强烈刺激，昏了过去。这时接到报警的阿丽克斯的朋友驱车赶到，把罪犯逮捕归案。

其实，阿丽克斯并没有在咖啡里投毒。在她生命受到威胁时，她巧妙地运用了“因敌而制胜”的谋略，使自己摆脱了危险。

罗拔士无中生有，椰菜娃娃占领市场

通常的“洋娃娃”都是千人一面，以漂亮的面孔出现在消费者面前。美国“奥尔康”实业公司总经理罗拔士却设计了一些与众不同的布娃娃。这种布娃娃一改过去的漂亮面孔，代之以其貌不扬，甚至是丑陋的模样，被称做“椰菜娃娃”，意思是椰菜田的孩子们。罗拔士把每一个椰菜娃娃设计得都不重样，椰菜娃娃有着不同的发型、发色、容貌，就连脸上的雀斑的位置也各不相同，还有不同的鞋袜、服装、饰物，满足了人们对个性化商品的要求。罗拔士还了解到几年前开始的一场“家庭危机”的浊流扫荡了美国社会，破碎的家庭越来越多。父母离异给儿童造成心灵创伤，也使得不能抚养子女的一方失去了感情寄托。椰菜田的孩子“正好填补了这个感情空白”。罗拔士利用顾客的这种心理，巧妙地把销售玩具变成“领养娃娃”，使椰菜娃娃成为人们心目中有生命的婴儿。每个娃娃都由电脑起个名子，并在身上附有“出生证”和“领养证”，出生证上写明孩子的出生地点和日期、姓名、手印和脚印。领养证上郑重其事的写清领养娃娃后应怎样照顾好“孩子”，更有趣的是屁股上还盖有“接生人员”的印章。顾客购买时，还得庄重地签着领养证，以确定“养子与养父母”的关系。领养孩子一周年后，还可以收到一张生日贺卡。使顾客从心理上产生了对领养娃娃的亲切感。

如此标新立异的产品设计怎样的为消费者所认可

呢？罗拨士对“椰菜娃娃”采取全速前进的市场营销策略。他亲自挂帅出征，一路宣传，一路解说，足迹踏遍全国。公司瞄准了每星期六早晨深受小朋友喜爱的卡通片放映时间的机会，不惜巨资插播“椰菜娃娃”电视广告，使儿童们对“椰菜娃娃”产生了特别亲切的感情。在各大城市罗拨士还亲自主持或派代表主持各地博物馆举行的“集体领养”“椰菜娃娃”的仪式。独特的产品加上适宜的推销手段，使“椰菜娃娃”风靡了美国及整个世界，形成了一阵阵的抢购狂潮，很多人为买到一个“椰菜娃娃”深夜排在商店门口等候十几个小时，有的妇女竟一人“领养”了上百个“椰菜娃娃”。在狂热的“领养”高潮中，罗拨士又对顾客心理做了细致的分析，果断决定生产与销售“椰菜娃娃”所需的相关产品，包括娃娃用的床、床单、尿布、小推车、奶瓶和各种玩具。顾客既把“椰菜娃娃”看作自己的孩子以感情寄托，那就一定舍得为婴孩的成长购置相关的产品。如此高招，使奥尔康公司的销售额巨增。当然罗拨士并不是无控制地大批生产“椰菜娃娃”。因为“椰菜娃娃”如果无人“领养”，就会导致经营的失败，因此，罗拨士控制“椰菜娃娃”的产量，造成人为的供不应求现象，以促使顾客抢购。正是这种创新的产品设计和适宜的推销方式的有机结合，才使得奥尔康公司在玩具市场上占有首屈一指的地位。

无中生有“象牌”、“泰佳”互称敌

在日本热水瓶业，“象牌热水瓶”和“泰佳热水瓶”彼此敌视，不断展开激烈争斗是众所周知的。最初日本热水瓶业是泰佳热水瓶的天下，象牌热水瓶是后起的。当象牌热水瓶开始生产时，没有人想到象牌能成为一个跟泰佳争霸天下的企业。当时生产象牌的不过是一家小得不可再小的公司而已。

然而一个叫市川重幸的年轻人就任董事长之后，象牌热水瓶的情形就大变了。他一就任，就把独霸本行业的泰佳热水瓶公司视为象牌的大敌。

“你们到各地方出差时，在旅馆或是饮食店，如果服务生拿泰佳的热水瓶出来的话，你们就别在那儿吃饭，马上出去，到别的地方吃饭吧！”董事长对将要出差的每一个员工都这么再三吩咐。

当时员工们不太了解董事长的心意，但过了不久，董事长的话就传达到每一个员工了。这种有些过分的敌视政策不久就引发了“打倒泰佳”的热潮。

泰佳从大战前就高居热水瓶业的王座，象牌在奋起直追时，泰佳仍然不把象牌放在眼里。但是象牌是不可漠视的，销售额已经跟泰佳相差无几了。

“情况非常不妙，我们必须打倒象牌才能生存!”泰佳的董事长由菊池义人一接任，他就开始把象牌视为不共戴天的仇敌。

在日本热水瓶业，这5年来，只有象牌和泰佳这两家的销售额不断增加，业绩蒸蒸日上。

“泰佳”与“象牌”间固然存在同行业竞争，然而互相仇视毕竟过格。也正是这经过强化的“假想敌”心态才使这两个厂家拥有了很好的业绩。

“无中生有”应用于生产领域，就能提高生产率，提升产品质量；“无中生有”应用于销售领域，作用于消费者，也同样能产生很高的销售额。

无中生有的阿根廷香蕉

鲍洛奇是位意大利矿工的后裔。

明尼苏达州位于美国的北部，北靠加拿大东临苏必利尔湖，田园富饶，风光优美，北部的铁矿区更是一座资源丰富的聚宝盆。

然而一百多年前的明尼苏达州却远没有这般慷慨，那时饥寒交迫的矿工和筑路者就是众多意大利移民的真实写照。

1918年，明尼苏达北部铁矿城的溪滨村，降生了后来大名鼎鼎的食品大王鲍洛奇。迎接他的除了一间低矮破旧的房子之外，便是贫困饥饿和永远走不出的歧视目光了。

董国舅内阁受诏

孤独敏感的鲍洛奇从很小的时候便开始为谋生而奋斗，他捡过煤渣，做过苦力、学徒，也做过许多令人头痛气恼的恶作剧，在矿区，他以“做坏事的天才”而闻名。

鲍洛奇的推销生涯是从贝沙连锁店开始的。在杜鲁茨城最繁华的街道上水果摊一个挨着一个，竞争非常激烈。贝沙也把鲍洛奇派到这儿摆水果摊，因为他深信这个年轻人将来会前途无量。

鲍洛奇刚刚在水果摊中站住脚，便发生了一件很不幸的事：贝沙连锁店贮藏水果的冷冻厂起火了，等到救火员把火扑灭后，已有十八箱香蕉被火烤得发黄了，皮上还沾染了许多小黑点。

贝沙把这些香蕉送到鲍洛奇的摊位上，让他降价出售，价钱多少都没关系，只要卖出去就行了。

这些模样难看的香蕉摆在摊位上，无论鲍洛奇怎样叫卖招徕顾客，人们还是不愿买走这些“丑陋”的东西。鲍洛奇丧气之余，决心动一番脑筋。他又检查了一遍香蕉，香蕉的确没有变质，相反，由于烟火熏烤反而增添了特别的风味，再加上那与众不同的“丑陋”，都可以充分利用。

第二天一大早，鲍洛奇便开始高声叫卖：“快来买呀！最新进口的阿根廷香蕉，南美风味，全城独此一家，大家来买呀！”

又尖又细的童音吸引了大群人围在摊子旁，人们好奇地盯住这些模样古怪的“阿根廷”香蕉，颇有些举棋不定。

鲍洛奇开始发挥他的讲演天才，神采飞扬地介绍这种外国香蕉如何风味独特，如何名声显赫，如何难以进货。

一位小姐显得跃跃欲试，很有兴致。

鲍洛奇急忙招呼道："小姐，您从前见过这种香蕉吗？请您尝一下，我敢保证，您从来没尝过这样美味的香蕉。"一支剥了皮的香蕉殷勤地递到小姐手上。

"嗯，确实有些与众不同的美味。"

鲍洛奇乘机又宣传进货不多，如果不早买恐怕就再也没有了。

有那位小姐带头，围观的人纷纷掏钱尝"鲜"，很快，十八箱香蕉以高出市价一倍的价格销售一空，甚至还有人慕名而来失望而归。

鲍洛奇大获全胜，这些子虚乌有的"阿根廷香蕉"激发了他无限的创造热情，使他终生受益匪浅。

汽车业务员呼叫奥蒂斯先生

汽车业里有招欺敌之术叫"呼叫奥蒂斯先生"。

顾客上门时，先给他那辆历尽沧桑的老车一个好得令人惊讶的折旧价，然后再给新车开个令他满意的价钱。他会再去绕个两三家，才知道这笔生意是再好不过了，一定会回到原来的公司的。

业务员详细写下这笔交易的注意事项，并请这位顾客签名，然后故意不经意地，问这位顾客其他业务员给他什么价码。顾客在这当儿，红着脸很得意他说出谈判中最宝贵的情报——也就是另外一家开的价码。

业务员说："还有一道手续，每笔生意都得我们经理通过才行。我马上打电话给他。"

销售人员按下电话上的对讲机，说道："呼叫奥蒂斯先生……呼叫奥蒂斯先生"。

当然，根本没奥蒂斯先生这号人物，倒是有一位叫其他什么的销售经理。

销售经理出面了，把业务员拉出房间，让顾客独自心焦如焚一阵。不久，业务员回来，说明经理不允许这笔生意，然后再以其他公司的价码和这位顾客谈。你也许很纳闷，为什么这位顾客不干脆转身走掉算了？

因为他已经投下太多的情感，他原先打算就在这家公司把交易谈定：车都选好了！当他和业务员谈判时，老婆正坐在驾驶座上，孩子则在座椅上快乐地蹦蹦跳跳。如果他不签字，一切都得从头再来……孩子又会大哭大闹……

好吧！15000 元的车，再多个 875 元算什么？只不过多几个月付款而已。"谢谢你，祝你愉快，这是你分期付款的缴款单据本。”他签字了，因为车没买成，他不能走！

索尼公司无中生有创造随身听

众所周知，日本是靠半导体走向经济强国之列的，半导体技术是推动日本经济持久发展的巨大动力。索尼公司则是日本半导体技术的开创者。

索尼公司在东京创立时，店铺仅是一家被炸毁的百货商店，当时只有几名工人和500美元的资产，而今已有四万名雇员，年销售额达50亿美元，有七家子公司，在7个国家开设了30几个工厂，今日索尼的产品已直销世界100多个国家，年销售额高达50亿美元，成为世界电器行业中的一方霸主。

索尼公司的拳头产品都是遵循着“创造需求”的原则开发出来的，从产品开发到培育市场，大多经过数年的艰苦努力。但也有一些知名产品是在很短的时间内研制成功的，这就是风靡全球的“瓦克曼”随身听。

1979年7月，几名音响技术人员出于好奇，把本公司的便携式口述录音机改装成一台四轨立体声录音机，再配上一副普通的耳机。这时产生了他们意想不到的效果，录下来的声音十分悦耳。

当时，几乎家家户户都有音响设备，室内有组合音响，汽车里也有收音机，无论是东京还是纽约，到处都可以看见挎着或拎着收录音、单放机播放震耳欲聋音乐的年轻人。

盛田决心开发这种自己独自享用的随身听。他召集工程师们开会，要求他们把商品名称叫“记者”的高性能盒式磁带录音机的录音部分和扩音器取下，装上立体声的增幅器，开发一种袖珍型单放机。

他没有想到，在这个新产品开发计划会议上，竟然没有人赞成他的主张。大多数人的理由是：“谁也不会买没有录音部分的单放机”。

盛田反驳说：“那么多人在汽车里安装了没有录音装置的立体声播放机。因此，这种产品肯定也有销路。”

这番话显然难以一下子说服他的技术人员。但技术人员还是服从他的命令，着手研制这种新产品。在产品尚未制造出来的时候，盛田又根据一般年轻人的经济状况，预先为这种新的袖珍式立体声单放机定好了售价：不超过 3 万日元。

工程师们根据盛田的指示，不久就制成了这种新产品。盛田把第一台被称作“瓦克曼”的立体声单放机拿回家中，用来听各种音乐。他的妻子也不甘寂寞，于是盛田给了她一只耳机，和她分享快乐。由此他得到启迪，盛田又让技术人员制造出两副耳机的单放机，一周之后，有两个耳机插孔的产品也制造出来了。

从策划、试制、改进，到准备好生产线，以及发广告、包装、命名等工作，这个新商品只用了5个月的时间。它一上市，果然不出所料，成为年轻消费者的宠爱之物。这一新产品的年产量为300万部并迅速风靡全世界。

井深大有句名言："要使研究真正有结果，必须从无开始研究。"

索尼的成功之路，正是立足于不断求索的创新之中。

开发创新出"杜邦"

杜邦这个名字是当今经济界几乎人人皆知的，它是世界最大的化工企业，以生产尼龙、塑料等化工制品著称，现在正雄心勃勃地向其他领域进军。

杜邦公司总部设在美国，它的销售额每年逾500亿美元。

这家公司能够不断发展，获得经营成功，是与其不断开拓，着眼未来，敢于投资搞科研和开发新项目分不开的。

杜邦公司目前拥有各种学科的专家和工程师5000多名，在美国和世界各地设有研究室50多个，近年来，每年开支科研费近10亿美元，1988年的开支为13亿美元，比上年增加5%。一般来说，其科研费用的开支约占其总销售额的4%左右。

曹操煮酒论英雄

杜邦公司的决策者深刻领悟到，在科技日新月异的发展和竞争日益激烈的今天，产品是企业的生命，一成不变地生产经营固定的产品，企业是不会兴旺发达而最终要自取灭亡的。只有不断地根据市场需求和科学技术的发展而开发新产品，这才是企业经营的根本之道，企业吐故纳新的生机所在，表现在产品的更新换代和创造出新上。

本着以上的宗旨，杜邦公司在不断改进和提高尼龙和塑料制品的经营外，近年来不断开拓了新的项目，以此促进了企业的发展。

航天工业已经成为该公司瞄准的主要项目之一，现正在推出航天工业所需的各种性能零部件，这些零部件具有传统金属所不具有的性能，它包括高强度、坚硬、轻质、耐磨性、易加工和保养的多性能特性。是从本公司传统产品中推陈出新的产品。

开拓汽车工业亦是杜邦公司近年的主攻项目。据统计分析，目前一辆汽车应用塑料已达200磅，主要用于车内装饰、底盘、车身外壳和结构部件。杜邦公司已开发出一种叫维斯珀尔的超耐磨树脂，能用于汽车空调系统的各种阀门。同时还开发出一种类似橡胶的塑料，能承受高温和振动，可作为发动机的支承部分。此外，正在研制的新型耐化学腐性塑料，拟作为汽车燃料系统的部件和刹车的软管等部件的原料。

最近几年，杜邦公司还极力开发电子工业，以发展电子新材料为主攻方向。其研制的一种塑基胶片，能用激光构思设计电路板的复杂电路。这种产品投入生产后，将成为电子工业的一种强劲竞争项目，同时，杜邦公司利用激光进行数据储存和通讯的新材料开发，一种能为光束分成几个光束进入光导线路的材料即将问世。另外，杜邦公司还与英国等外国公司进行合作研究。

在纤维方面，杜邦公司在1987年推出的斯坦麦斯特纤维，用它制成地毯不怕弄脏，极易清洁。而另一种新产品叫塞马克斯张纤维，它制成服装后在寒冷地区穿着能保暖，在炎热地区穿着感到凉爽。这些产品在市场上具有竞争力。

在食品包装和卫生保健方面的新原料开发，杜邦公司也在加紧进行，并取得了可喜的进展。

人们说开发创新出“杜邦”，从“无”中创造“有”，看来有一定道理。

张巡草人惑敌

安禄山反乱不久，雍丘令（官职名）令狐潮就叛投安禄山。公元756年（唐肃宗至德元年），真源令（官职名）张巡攻打令狐潮，乘机占领了令狐潮所据雍丘（今河南杞县）。令狐潮想夺回雍丘，以四万大军把张巡千余人围困在城里。在兵少矢尽的情况下，张巡采用计谋制胜敌人。

张巡束扎了一千多个草人，给它们穿上黑色的衣服，夜里用绳子缒到城下。令狐潮的士兵以为敌人要越城突围，便争着射箭。张巡这一次就从草人身上获得几十万支箭。事后，令狐潮官兵得知中了张巡“草人借箭”之计，非常恼悔。在这以后，张巡不时地在夜里把草人缒到城下。令狐潮的人以为他又来骗取箭支，讥笑张巡愚蠢，连理都不理。这天夜里，张巡把五百名勇士缒下城去，突然冲向令狐潮军营。令狐潮官兵还以为是草人呢，毫无防备，被张巡士兵杀得大乱，烧毁营垒逃跑，被张巡士兵击退十多里远。

第八计 暗渡陈仓

【原文】

示之以动，利其静而有主。益动而巽[①]。

【注释】

①益动而巽：《易·益》卦："益动而巽，日进无疆。"巽，卑顺、懦弱。孔颖达疏："若动而骄盈，则彼损无已；若动而卑巽，则进益无疆。"此处意为暗中行动而表面卑顺，就能获得成功。

【译文】

故意采取佯攻行动，利用敌人已决定固守的时机，暗地里迂回到敌后进行偷袭，乘虚而入，出奇制胜。

【按】奇出于正，无正则不能出奇。不明修栈道[①]，则不能暗渡陈仓[②]。昔邓艾[③]屯白水[④]之北，姜维[5]遣廖化屯白水之南而结营焉。艾谓诸将曰："维今卒还，吾军少，法当来渡，而不作桥，此维使化持吾，令不得还，必自东袭洮城[6]矣。"艾即夜潜军，径到洮城。维果来渡。而艾先至据城，得以不破。此则是姜维不善用"暗渡陈仓"之计，而邓艾察知其"声东击西"之谋也。

【注释】

①栈道：在悬崖峭壁上用木料架成的通道。此处指陕西褒斜栈道。

②陈仓：在今陕西宝鸡市东。

③邓艾（公元一九七年——二六四年）：字士载，三国义阳棘阳（今河南新野东北）人。曾为都尉学士、典农纲纪，后被司马懿召为掾属，迁尚书郎，建议屯田两淮，广开漕渠。因拒姜维有功，被封镇西将军，进封邓侯。景元四年（公元二六三年），率军偷渡阴平，灭蜀。后遭诬陷被杀。

④白水：河名，在今四川。

⑤姜维（公元202～270年），字伯约，天水冀县（今甘肃甘谷东）人。

⑥洮城：即洮阳，今甘肃临潭。

【译文】

非常规的战略从正规战略中变化出来，没有正规作战也就不可能有违反常规的作战。不按常规公开修复东进的栈道，就暗渡不了陈仓。过去邓艾在白水的北岸驻扎军队，姜维则派廖化在白水南岸安营扎寨。邓艾对各位将领说："姜维现在突然反扑回来，我军人少，按照常理，他们本应不等架设桥梁便过河来攻。这是姜维想让廖化来牵制我军，使我们不能动兵。姜维必然会从东边袭击洮城。"邓艾当晚派军队悄悄地赶到洮城。姜维果然在那里渡河。由于邓艾先到，占据了洮城，所以洮城才没有被攻破。这就是姜维不善于运用"暗渡陈仓"之计，而邓艾却能察觉姜维的"声东击西"的计谋的战例。

【计名探源】

暗渡陈仓，意思是采取正面佯攻，当敌军被我牵制而集结固守时，我军悄悄派出一支部队迂回到敌后，乘虚而入，进行决定性的突袭。

此计与声东击西计有相似之处，都有迷惑人、隐蔽进攻的作用。二者的不同之处是：声东击西，隐蔽的是攻击点；暗渡陈仓，隐蔽的是攻击路线。

此计是汉大将军韩信创造。"明修栈道，暗渡陈仓”是古代战争史上的著名成功战例。

秦朝末年，政治腐败，群雄并起，纷纷反秦。刘邦的部队首先进入关中，攻进咸阳。势力强大的项羽进入关中后，逼迫刘邦退出关中。鸿门宴上，刘邦险些丧命。刘邦此次脱险后，只得率部退驻汉中。为了麻痹项羽，刘邦退走时，将汉中通往关中的栈道全部烧毁，表示不再返回关中。其实刘邦一天也没有忘记一定要击败项羽，争夺天下。公元前206年，已逐步强大起来的刘邦，派大将军韩信出兵东征。出征之前，韩信派了许多士兵去修复已被烧毁的栈道，摆出要从原路杀回的架势。关中守军闻讯，密切注视修复栈道的进展情况，并派主力部队在这条路线各个关口要塞加紧防范，阻拦汉军进攻。

韩信“明修栈道”的行动，果然奏效，由于他吸引了敌军的注意力，敌军的主力调至栈道一线，于是韩信立即派大军绕道到陈仓（今陕西宝鸡县东）发动突然袭击，一举打败章邯，平定三秦，为刘邦统一中原迈出了决定性的一步。

【评语】

此计出于楚汉相争年代，全称应当是：“明修栈道，暗渡陈仓”。其义谓：以正面佯攻、佯动等迷惑手段，伪装攻击线路和突破点。陈仓：地名，在今陕西省宝鸡市以东。《古今杂剧·韩元帅暗渡陈仓》："着樊哙明修栈道，俺可暗渡陈仓古道。"

古人认为，出奇制胜的用兵计谋，来自于正面的攻击。如果没有正面攻击，就不可能有出奇制胜的用兵计谋，这正像不去明修栈道，就不会有暗渡陈仓而取胜的道理一样。

【战例】

邓艾暗渡陈仓灭蜀

公元 263 年秋，魏国兴兵征伐西蜀。魏国分兵两路，邓艾率军牵制在边境的蜀军统帅姜维，使其不能回救；镇西将军钟会率领魏主力取道斜谷、骆谷，夺取剑阁，进攻成都。姜维得知钟会率军进入蜀国，巧计骗过了拦阻回路的魏雍州刺史诸葛绪，引兵向东，把钟会的大军拦在剑阁之外。姜维扼守剑阁，钟会多日攻打不下。

形势发生了变化，钟会的大军已不能完成主攻的任务。邓艾面对这种形势，认为应该调整布署，改用钟会牵制姜维，自己率军突袭蜀国。他上疏说："现

邓士载偷渡阴平

请由我率兵出阴平，走百里无人之野地，经汉德阳亭进军涪陵。涪陵在剑阁以西百里，距成都仅三百余里，是敌国的腹地中心。我以奇兵袭击涪陵，姜维必然回兵相救。这样，钟会便可乘虚取剑阁，与我两路同时进兵。假使姜维不回兵，则涪陵的防御便减弱，敌国的中心便空虚。如此，我以奇兵出其不意，攻其不备，破灭西蜀便是自然之事。”

十月，邓艾率领精锐士卒一万人自阴平出兵，行于巅崖峻谷之中，逢山开路，遇水搭桥，二十余日行程七百余里，皆是无人之地。在摩天岭，邓艾以毡裹身滚下去，有的将士效仿邓艾之法，照样滚下去，有的将士以绳索束腰，攀木挂树，鱼贯而进。邓艾的军队在荒无人烟的野岭连续行军七百余里，竟然没有遇上一个蜀兵。邓艾如天兵降临江油城，蜀军由城守将马邈投降。从江油再往前就是通往成都的大路，只有涪陵、绵竹两个关口了。涪陵由诸葛亮的儿子蜀卫将军诸葛瞻引兵据守。双方交战，蜀兵败退，诸葛瞻聚兵绵竹防御。邓艾乘势进逼绵竹，并写信劝诸葛瞻投降。诸葛瞻怒斩来使，领兵再战。这一仗，是蜀汉军队进行的最后一场悲壮的抵抗。诸葛瞻和他的儿子诸葛尚都战死于沙场。邓艾终于打下了绵竹，大军直指成都。绵竹失守，成都以外已无重防可凭，蜀帝刘禅惊慌失措，纳奉皇帝印绶，至邓艾军中投降。雄据西蜀四十余年之久的刘代政权，在邓艾的奇兵突袭之下，宣告崩溃。而在剑阁抵御钟会的姜维，当他得知邓艾越过七百里大山，攻下江油、涪陵、绵竹的消息，就顾不上钟会，马上和廖化、张翼南下救援成都，正迎上太仆蒋显，蒋显奉上后主命他投降钟会的诏书。

邓艾在形势发生变化，于己不利的情况下，随机应变，以患为利，以迂为直，虽然是历尽艰辛万苦，但却避开了姜维的主力部队，出奇兵攻下江油、涪陵、绵竹，迫使刘禅投降，平定蜀地。

裴行俭暗渡陈仓胜强敌

唐朝高宗年间，十姓可汗阿史那匐延都支及李遮匐扇动造反，侵逼到了安西。唐朝要发兵征讨，裴行俭建议说："吐蕃叛乱，干戈未息，现今波斯王去逝，他的儿子泥涅师师在京城押作人质，以至群龙无首。依我之见，还是差使节到波斯去册立泥涅师师为王，便可平息叛乱。"唐高宗听从了裴行俭的话，命他将封册送波斯王。

裴行俭一行经过莫贺延碛，到处风沙弥漫，阴晦难明，他们迷失了方向，饥渴难忍。裴行俭命令手下的人虔诚祭祀，得天意说：井泉就在前面，已经不遥远了。果然，不一会就云收风静了，再往前走了几百步，又有丰美的水草，随行人员个个都兴高采烈，佩服裴行俭的神机妙算，把裴行俭比做贰师将军。到了西州地方，当地人夹道欢迎裴行俭。裴行俭在这里召收了豪杰子弟一千多人，继续向西行进。不久，他们都停下了，裴行俭对他的部下说："现在天气实在太炎热了，简直像蒸笼一样，先就地歇息吧，等秋天天气凉快一点，我们再继续前进。"

都支一直窥探着裴行俭的一举一动，听说裴行俭秋天再前进的消息后，也就不作任何防御的准备了。

裴行俭召集四镇诸蕃的酋长豪杰，对他们说：“我过去曾来过此地，留下了很深的印象，一刻也不曾忘怀。现在，我想重温一下过去的时光，找一些人陪我再去打猎，谁愿陪我去?”这时，蕃酋子弟竟有一万多人愿意陪同前往。裴行俭假装要去打猎，训练队伍，不几天，就召集好了人马，但不是向打猎的方向去，而是向都支部落的地方进发。离都支部落十余里的地方，裴行俭派人向都支问安，看起来并不像讨伐他们的样子，后又派人召见都支。都支得知裴行俭到来的消息十分惊诧。他原与遮匐商量好了，等秋天时，双方联合军队与裴行俭的军队作战，突然听说裴行俭的军队已经临城，一时竟不知如何是好。在这样的局势下，反抗已无济于事了。裴行俭就这样轻而易举地擒获了都支等人。这天，又传了都支的契箭，把各部酋长召来请命，一网打尽。然后把军队进行了改装，乘胜前进。途中他们碰上遮匐的使节，这些使节是想与都支商议联合作战一事的。裴行俭释放了遮匐的使节，让他们告诉遮匐，都支已束手就擒了，希望他们也放下武器，投归唐朝。遮匐知道自己势单力孤，不是对手，就痛痛快快地投降了。

裴行俭的随行人员，在碎叶城立了块碑，把这次战功记在了上面，流传后世。唐高宗对裴行俭的战功非常赞赏，说道："你带兵讨伐叛逆，孤军深入，途经万里，没费一兵一卒，用计策把叛乱分子打败了，使他们归服唐朝，没有辜负我的重望啊！"不久，又赐宴为裴行俭庆功，当面称赞道："爱卿真乃文武兼备，今故授卿二职。"即日，拜裴行俭为礼部尚书，兼检校右卫大将军。

裴行俭不时给敌人造成错觉，利用智谋战胜敌人，不费一兵一卒，可谓战争史上的一个创举。在军事策略上，他使用的是"不战而屈人"的策略，《孙子·谋攻篇》中说道"百战百胜，非善之善者也；不战而屈人之兵，善之善者也"。这里的不战，不是放弃武器，反对战争，而是指不与敌人直接交兵，而能使敌人屈服。孙武认为这是在战争中所能达到的最理想境界。这理想境界被裴行俭达到了。

李愬暗渡陈仓奇袭蔡州

唐朝在安史之乱后，国家开始从鼎盛走向衰弱，各地出现了藩镇割据的局面。各地节度使割据一方，独揽军政、财政大权，营造自己的独立王国，并在实力雄厚之时抗拒朝廷。藩镇割据势力的发展，进一步削弱了唐王朝的统治。唐王朝为了维护统一的局面，恢复中央集权，便在国家财力比较丰厚和边疆形势逐渐缓和的情况下，开始致力于削平藩镇割据。公元807年，唐宪宗顺利地平定了西川、夏绥、镇海三镇的叛乱，开始向淮西、成德的割据势力讨伐。李愬奇袭蔡州就是唐朝廷军队平定淮西节度使吴元济割据势力的战例。在这场奇袭战中，李愬针对士兵因屡战屡败而产生的厌战心理，制定了利用险峻的地形，恶劣的天气袭击敌人的策略，以此稳定士兵的情绪，坚定他们殊死作战的决心。最后，他的军队在雪夜攻下了蔡州城，活捉了吴元济。这场战斗的胜利，对平定淮西、成德的藩镇割据势力起了决定性的作用。

元和九年（公元814年），淮西节度使吴少阳病死，其子吴元济自己承袭了吴少阳之职，拒纳唐朝吊祭使者，并且发兵在今河南舞阳、叶县、鲁山一带四处烧杀掳掠。唐宪宗决定对他用兵讨伐。朝廷调集军队从四面进攻淮西，其中南、北方向的军队曾稍有些进展；东、西路军则被淮西军击败。公元815——816年间，唐廷曾多次调整淮西的东、西路军的统帅。朝廷派唐邓节度使高霞寓接任原西路军将领严绶，而高霞寓在朗山的一次战斗中击败了淮西军后，不久就在文城栅（今河南遂平西南）大败。其后，再换袁滋接替高霞寓，在仍没有什么进展的情况下，李愬作为唐、邓、随节度使代替袁滋，继续担负从西面进攻淮西的任务。可以说，李愬是在四路军屡战屡败的情况下上任的。

公元817年正月，李愬到达蔡州。当时，唐军在连败之后，士气低落，士兵都十分惧怕作战。李愬上任后对士兵说：”天子知道我李愬柔懦，能忍受战败之耻，所以派我来安抚你门。至于攻城进取，那不是我的事。”士卒们听了李愬的这些话，才稍稍安下心来。

李愬针对官兵们的这种心理状态，首先做了许多安定军心的工作。他亲自慰问士卒，抚恤伤病者。当地由于战乱频繁，大批老百姓逃往他乡。李愬派人安抚当地百姓，以他的军队保护他们。在军中，李愬也不讲究长官的威严，不强调军政的严整。他的这些行动，一方面安抚了士兵，另一方面也是向敌人佯示无所作为。他的行动果然麻痹了吴元济，吴元济对这位上任前名位不高，也没有什么名气的唐军将领放松了戒备。

在将士情绪稍稳定一些后，李愬开始着手修理器械，训练军队，以提高军队的战斗力。他制订并实行了优待俘虏及降军家属的政策，在先后俘获了吴元济手下的官员、将领丁士良、陈光洽、吴秀琳、李佑等人后，对他们给予信任，并且委以官职，并通过他们逐渐摸清了淮西军的险易虚实。

同年5月，李愬夺占了蔡州的一些外围要点并占领了蔡州以南的白狗、汶港、楚城等地，切断了蔡州与附近申州、光州的联系。5月26日，李愬派兵攻打朗山，淮西军队前来救援，唐军遭到内外夹击而失利。他手下诸将都懊丧不已，但李愬并不气馁，他说："我如连战皆胜，敌心戒备。此次败北，正可麻痹敌军，为以后攻其不备奠定基础。"他在战后招募了敢死的士兵3000人，早晚亲自训练，以增加军队的突击力，为袭击蔡州作准备。

9月28日，李愬经周密准备，率军出其不意地攻占了关房（今河南遂平）外城，淮西军千余人被歼，其余人退到内城坚守。李愬命令军队佯退诱敌，淮西军以骑兵500追击官军，官兵受惊欲退，李愬下令道："敢后退者斩。"于是官军又回军力战，击退敌军。将士们要乘胜追击攻取其城，李愬不同意，他认为，如不取此城，敌人必分兵守之，而敌人兵力分散，正好利于夺取蔡州，因此他下令还营。这时，降将李佑向李愬建议："蔡州的精兵都在洄曲及周围据守，蔡州城内都是些老弱兵卒，可以乘虚直抵蔡州城，等外边的叛军听到消息，吴元济就已经被擒了。”李的意见，正好与李愬的想法不谋而合。

10 月，李愬见袭击蔡州的条件已经成熟，便开始部署袭击蔡州计划：李愬命随州刺史史文镇守文城栅；命降将李佑、李忠义（即李宪）率 3000 士兵为前驱，自己率 3000 人为中军，李进城率 3000 人为后军，奇袭蔡州。为严守行动秘密，军队从文城栅出发时，李愬不告诉他们行动的目的地，只命令说：往东前进。这一天天气阴晦，风雪交加，军队东行 60 里后到达张柴村。李愬率军迅速袭破了这个村子，全歼淮西军布置在这里的守军及通报紧急情况的烽火兵，抢占了这一要地。李愬命令士兵稍事休息，吃点干粮，并布置

三十六计之暗渡陈仓

留下500人截断桥梁，以防洄曲方面的淮西军回救蔡州，另留500人以警戒朗山方向的救兵。布置完毕后，李愬亲自带领部队乘夜冒雪继续向东急进。将领们请示去哪里，李愬告诉他们：去蔡州城捉拿吴元济！将士们听了都大惊失色，以为此去必死无疑。这夜的天气异常寒冷，大风夹送着大雪，旌旗也被风撕裂，沿路都可看见冻死的兵士和马匹，军队所经的道路非常险峻，尽是官军从未走过的。因为李愬宣布了严格的军纪，因而没有人敢违抗。军队继续行进了70里，赶到蔡州时，天还没亮。近城处有个鹅鸭池，李愬命令惊打鹅鸭以掩盖军队行进的声音，分散淮西军的注意力。

自从吴少阳抗拒朝廷以来，官军不到蔡州城下已有30多年了，因此蔡州城的戒备松驰，淮西军未作防范。李愬的军队很快进入了蔡州城并占领了战略要地。天明雪止之时，有人告诉吴元济说，唐军已至并占领了蔡州。这时，吴元济根本不相信唐军会来得如此迅速，后来听到李愬的号令，才仓促率亲兵登上牙城（内城）抗拒。蔡州民众帮助唐军火烧内城南门，唐军破门擒获吴元济。当时，吴元济的部将董重质拥有的精兵数万据守洄曲，李愬派人厚抚董重质的家属，叫董重质之子前往召降董军，使这部分淮西军归降朝廷。唐廷北路军此时也占据洄曲。申、光二州的守兵见蔡州已破，也先后投降，淮西平定吴元济之战至此宣告结束。

淮西藩镇平定后，成德方面的割据势力慑于唐军的压力，也先后上表归顺朝廷。淮西、成德为唐代藩镇据势力中的强镇，这两个方面割据势力的削平与归顺，使唐王朝又获得了暂时的统一。

从李愬奇袭蔡州而取胜的过程可以看出，李愬不仅通晓孙子所说的一些重要的用兵原则，如示弱惑敌、速战速决、避实击虚等等，而且他还善于根据士兵的心理状态，利用地形、气候等作战条件对士兵心理的影响，确保军队战斗力的充分发挥。这就是“投之亡地而后存，陷之死地然后生”。李愬很清楚他所率领的是一支多次战败、士气受到影响的军队，要想让这支军队有战斗力，就必须将士兵置于恶劣的环境中，那时，“士兵甚陷则不惧，无所往则固，深入则拘，不得已而斗。”因此，他选择了风雪严寒之夜，让士兵“由不虞之道，攻其所不戒”，最后一举成功。

赵匡胤明里抗辽暗谋帝位

公元 959 年后周皇帝周世宗病逝，由他 7 岁的幼子柴宗训继位，即周恭帝。周恭帝年少不能料理朝政，国家出现了不稳定的局面。大将赵匡胤多年跟随周世宗南征北战，取得了周世宗的信任，被安排在重要岗位上，这时已是殿前都点检、检校太尉、归德节度使，掌握着禁军的统帅权，在朝廷中是个举足轻重的人物。面对幼主临朝政局不稳的局面，赵匡胤想以赵代周，自立天子，建立自家的封建王朝。

公元 960 年，后周显德七年正月初一，正当朝廷群臣在开封欢度新春佳节的时候，突然边塞传来警报，北汉、辽军会师攻周，于是禁军最高将领、殿前都点检赵匡胤受命率后周大军出征，北上抗辽。大军行至离开封东北二十公里远的陈桥驿，一幕“黄袍加身”的戏剧开演了：赵匡胤的弟弟赵匡义、亲信谋臣赵普，指使亲信高怀德，在将士中散布谣言：“皇上幼弱，我们纵然拼死力打仗杀敌，也无人晓得，不如先立殿前都点检为天子，然后再行北征。”集聚一起的出征将士，很快被传言煽动起来，赵匡义、赵普乘势诱导：“改朝换代，异姓兴王，虽说是天命，人心向背才是关系成败的关键大事，诸位将领如能严饬军士，勿使掳掠扰民，使都城人心安稳，则四方自然安稳。大功告成，诸位亦能共得富贵。”第二天凌晨，鼓噪一夜的众将领披甲执兵，叩门叫醒昨夜醉酒卧睡的赵匡胤，由赵匡义、赵普带领相继而入，共同要求：“诸将无主，愿策立点检为天子。”赵匡胤故作惊愕状，起身下床，众人一拥而上，把准备好的黄袍披在赵匡胤身上，接着排列跪拜，高呼万岁。赵匡胤随之乘马领兵南返，要求众将士，“如要保富贵，须听从号令。回城后不得惊扰宫阙，凌辱朝贵，劫掠府库。听从者厚赏，违命者戮及妻孥”。大军衔命，旋返归开封，城中早有赵匡胤亲信重将石守信、王审琦布置内应，后周满城文武，尚未从惊诧中回过味来，七岁的北周恭帝柴宗训，就被迫在正月初四日（公元966年2月3日）禅让帝位。次日，赵匡胤正式登基，改元建隆，称国号为宋，成了大宋王朝的开国始皇帝宋太祖。

陈桥兵变，黄袍加身，赵匡胤逼恭帝禅让登皇位一事，并非《宋史》所称的赵匡胤为大军所迫，顺从而行的一次偶然事件，实际上是赵匡胤施行明修栈道、暗渡陈仓之计，发动了一场一切皆在密谋策划之中的政变，而其谋主，就是赵匡胤。

赵匡胤祖籍涿州，世代为将，李姓唐朝政权崩溃后，他看到纷乱的天下，正是豪杰四出的风云际会之时，便投军到后汉枢密使郭威（后周太祖）帐下，亲自参加了郭威代汉的兵变。后来又被郭威的养子柴荣调至禁军任职。在周世宗柴荣统一关中、征战淮河流域、北伐契丹等一系列战争中，赵匡胤身为将领，既谋划得体，又身先士卒，很得柴荣信任。特别是公元954年随周世宗出征北汉、

蔡入夜雪

辽国一战，赵匡胤拍马向前，立下了赫赫战功。先后拔升为殿前都指挥使，拜定国军节度使。后周显德六年（公元959年），周世宗因病重难治，着手布置后事。以朝中甚得人望的魏仁浦为枢密使，兼宰相、中书侍郎、同平章事；宰相王溥，加门下侍郎，兼知枢密院事；宰相范质，兼知枢密院事；韩通以侍卫亲军副指挥部兼宰相职；周太祖女婿，世宗的妻弟张永德任殿前都点检。同年六月，周世宗猜忌张永德心蓄异

志，把张削去军职，改任为宰相，而以禁军中由低职慢慢晋升的赵匡胤任殿前都点检，掌率禁军。世宗认为赵资历尚浅，不致于有胆量篡夺帝位。而朝中王溥、魏仁浦，范质等一帮老臣，文武相兼，可辅助新任皇帝。周世宗是后周历史上一个有为的皇帝，执政期间，厉行改革，在经济、政治方面，相继采取了一些有利于稳固国家政权，统一中国的措施，如对中央禁军的加强，使殿前诸班精兵强干，改变了唐朝后期冗兵之弊，也使中央政府有了足够的武力控制住地方藩镇，但正是在这个问题上，周世宗虑事有理，识人不当。去了“前狼”张永德，迎来了“后虎”赵匡胤，不知道赵匡胤也是一个窥视帝王宝座已久的野心家。

显德六年六月，年仅三十六岁的周世宗因病英年早逝，七岁的儿子柴宗训继父嗣位，母后符氏亦是一个入宫时间不长的妇人，新王不谙人事，太后不习国政，孤儿寡母高居台上，面对复杂的内政外侮，只能求助于辅政重臣。恭帝上台后，诏命李重进兼淮南节度使；韩通兼太平节度使；向训为西京洛阳的留守；赵匡胤封开国侯，兼归德节度使。四方布兵，拱卫京师。既掌禁兵大权，又节制地方藩镇的赵匡胤，见到后周朝廷内虚严重，正是谋夺帝位的大好时机，于是召集谋臣赵普，弟弟赵匡义一起密商，最后明察善断、处事周密的赵普出谋，设计了一个明修栈道、暗渡陈仓的计谋。

赵普等人计谋的第一步是利用幼主上台，畏惧边患，急于稳固政权的心理，先令人伪造假情报，谎报边患紧急，朝廷必然要求助掌握军事大权的赵匡胤，赵匡胤因此可以名正言顺地率领朝中大部禁兵出征，离开京都。这样既可以使赵匡胤避开朝中与自己地位资望相近的朝臣将帅，以及北周宗室王公、宰辅们的耳目，又可以转移朝廷视线，削弱朝廷军事力量，造成周政权内部虚弱，攻之无力还手的状态。而赵匡胤以禁军首领领大军出征，亦是国家遇边患时采取的通常做法，丝毫不使人怀疑。果然，当显德七年正月初一，突然从定、镇二州传来北汉、辽朝合兵南侵的消息后，宰相范质正沉浸在欢度春节的气氛中，军情火急。仓猝间，他也不思辽朝刚刚一个多月前战败而归，人马困乏未解，哪能马上再度南犯？于是召赵匡胤紧急商磋，赵当然顺水推舟，尽带朝中禁兵精华、心腹亲将，离京出征，至此，赵匡胤的以假情报迷惑对方，佯动掩护，造成对方暴露薄弱之处的目标达到，也为下一步回师突袭创造了条件。

赵匡胤北御辽寇本来就是假，大军的先锋殿前副点检兼镇守军节度使慕容延钊是赵的莫逆之交，所以慢慢腾腾地走到了陈桥驿，就借故停了下来。心腹高怀德受赵匡义、赵普指使，先在军中煽动，鼓动军心。又有赵普、赵匡义从中以富贵功名相许，兵士当然兴致高昂，等到将领兵士们被鼓动起来，赵匡胤又故意装作醉酒，示以被迫顺从军心的样子。实际上，如果前方真的军情严重，敌人进犯，作为大军统帅，怎能第一天出征，就逗留不前，沉湎于酒仙之中呢？何况禁军在军中喧闹一夜，声音嘈杂，他如果是一个赤心为国，一心御敌的将帅，又怎能容忍这种严重犯纪情况存在呢？故此，当众将领一致推之为首，黄袍披上身上之后，他就俨然以皇上口吻下令，要求众将领唯命是从，归城后不得违纪扰民，侵掠朝廷的府库财物，听命者重赏，违令者诛及子孙。起事的将领士兵已上圈套，当然会绝对服从。赵匡胤安顿了禁兵，第二天突然回师开封。京师本来兵力空虚，留下的石守信等人亦是赵匡胤的亲信。恭帝柴宗训、宰相范质正翘首以盼赵帅的报功消息，意料不到赵匡胤回马京师，群臣毫无还手之力，只能束手就范。回师当天，恭帝被迫诏令，要效法古代尧舜禅让故事，让位给有上圣之姿，神武之略，功德具备的前殿前都点检赵匡胤。赵假惺惺地到崇光殿受命接禅让书，后周皇帝的宝座几天之内，移到了自己的身下。

李嗣源暗渡陈仓救幽州

五代时期，契丹首领耶律阿保机率30万大军包围了晋国的北方军事重镇幽州（今北京市西南）。晋王李存勖派大将李嗣源统率7万人马增援幽州，解幽州之围。

李嗣源与诸将商议进军之计，说："敌人多是骑兵，人数众多，又已先处战地，外出游骑没有辎重之忧，而我军多是步兵，人数又少，还必须有粮草随军而行。如果在平原上与敌人相遇，敌军只需把我军粮草截走，我军就会不战自溃，更不用说用骑兵来冲击我们了！"

针对这种不利情况，李嗣源从易州出发，不是走东北直奔幽州，而是先向正北，越过大房岭（今河北房山县西北），然后沿着山涧向东走。

李嗣源率大军餐风饮露，日夜兼程，一直行进到距幽州只剩下60里远的地方，突然与一支契丹骑兵遭遇，契丹人才发现晋军派来了救兵。契丹兵大吃一惊，慌忙向后撤退，李嗣源与养子李从珂率领3000骑兵紧随契丹人的身后，晋军大部队则紧紧跟随在李嗣源的骑兵后面。不同的是，契丹骑兵行走在山上，晋军行走在山涧中。

行至山口，契丹万余骑兵挡住了去路。李嗣源知道成败在此一举，摘掉头盔，用契丹语向敌人喊道：“你们无故侵犯我国，晋王命我率百万之众，直捣两楼（契丹首府），将你们全部消灭！”说完，一马当先，冲入敌阵，斩杀契丹酋长一名。众将士见主帅身先士卒，群情激奋，斗志倍增，纷纷杀入敌阵。契丹骑兵被迫向后退却，晋军的大部队乘机走出山口。

出山之后即是一马平川的大平原。由于失去山地的保护，极易遭受骑兵攻击，李嗣源命令步兵砍伐树枝作为鹿砦，人手一枝，每当部队停下来或遭到契丹骑兵攻击时，即用树枝筑成寨子，契丹骑兵只能环寨而行，而晋军乘机放箭，契丹人马死伤惨重。逼近幽州时，晋军后面的步兵拖着草把、树枝行进，一时间，烟尘滚滚，契丹兵不知虚实，以为晋军援兵甚多，未战先怯。等到决战来临，李嗣源率骑兵在前、步兵随后，有组织地掩杀过来。契丹兵斗志皆无，丢弃了大量的车帐、牲畜，狼狈逃去。

至此，幽州重镇得以保全。

王曾睿智巧除权臣丁谓

丁谓是北宋真宗时一个有名的权臣，真宗时官升三司使，加枢密直学士，累官同中书门下平章事、昭文馆大学士，封晋国公。他多才多艺，通晓诗、画、博弈、音律，正因为有才，被重才的宰相寇准推荐为参政政事，做自己的副手。丁谓又是一个性狡过人，善于附炎趋势的奸诈小人，真宗初年，权臣王钦若得势时，他专投王钦若所好，唯王是从。王钦若失势免宰相职后，他采取欺骗手段，骗取了寇准的相信。真宗大中祥符年间，他劝诱君臣封禅祀神，从事虚诞邪僻之行。丁谓迎合君意，对当时朝臣皆不多言的建宫之义，极力怂恿。他对真宗说："陛下富有天下，建一宫崇奉上帝，有何不可！"宋真宗随即命他总管建宫之事，结果丁谓大肆铺张，不惜扰民害命，所建的玉清昭应宫；精美绝纶，工程中间稍有不合意处，即推倒重造，有关理财部门，丝毫不敢阻拦。为了建宫，他又令在南方大肆伐木，百姓服役者死亡无数，许多死亡者被诬指为畏罪逃亡，家中妻儿也被网织入狱。当时的朝官张咏为此上疏朝廷，要求杀丁谓以谢天下，说："陛下不该修造宫观，竭天下之财，伤天下之命，这都是贼臣丁谓诳惑皇上，请斩丁谓之头悬于国门，以谢天下；再斩张咏之头悬丁氏之门，以谢丁谓。”张咏以死相谏，反对劳民伤财修建宫观，却由于真宗的意愿，加之宰相寇准为其所骗，丁谓得以安然无恙。

真宗大中祥符八年（公元1015年）冬，丁谓与曹利用同时出任枢密使，掌军机大权。曹利用与寇准有宿怨，早仇恨在心，丁谓本来由寇准所荐，得以进宫，但不久前因寇准当着群臣的面，对迎逢自己的丁谓表现的奴颜之相予以公开嘲讽，由此丁谓衔恨，于是与曹利用联手，共同对付正直的寇准。天禧四年（公元1020年）宋真宗患病不能理政，皇后刘氏开始干预朝政。寇准曾铁面无私惩治了刘皇后的不法亲戚，刘皇后心中亦是恼怒万分，此时自己执掌权柄，自然要乘机报复，这样，在朝中形成了刘皇后、曹利用，丁谓和翰林学士钱惟演为核心的反寇准集团势力。宰相寇准见刘、曹、丁、钱势焰熏天，而宋真宗卧病在床，于是进宫私下建议真宗，要求他以社稷为重，传位给众望所归的皇太子，并选择真正干练的大臣辅佐朝政，并说：“丁谓、钱惟演乃奸邪小人，万万不可辅佐少主”真宗当时病重，心有传位太子之意，对寇准的建议颔首同意，并要他布置准备。可惜因寇准豪饮酒宴，醉后走漏风声，事被丁谓得知，反而串通刘皇后，至真宗前诬告，说寇准是挟太子夺权，欲架空皇上。真宗被惑昏愦，忘了自己对寇准的嘱托，随即免寇准职。这年七月，把丁谓升为宰相职，丁谓上台，即排挤寇准，月内三黜，把他远贬道州司马。

丁谓执宰相权柄后，宫内恃靠刘皇后，一时间势夺朝廷内外。朝中另一宰相李迪，与寇准相契，丁谓就勾结刘皇后无中生有，栽诬李迪结党营私，把他贬到衡州。当时有人对丁谓说：“李迪如果死在衡州贬地，丁公如何受得了世人的舆论。”丁谓却大言不惭的笑道：“不过他日好事书生记载此事时，写上一句‘天下惜之’罢了。”果然，丁谓在传达皇后的懿旨时，有意让传令的太监在马前外悬带穗宝剑，示上意行将诛戮之意，诱使李迪自裁，李迪幸亏儿子及左右相劝，才免枉死。寇准在李迪被贬的差不多时间，又被贬至雷州，做一个司户参军。太监受丁谓指使，传令时同样装扮成杀气腾腾样子，寇准坚持要看圣旨，揭穿了传令太监的画皮，被迫告以实情，使丁谓伪饰杀人的阴谋未能得逞。

寇准、李迪等清正大臣相继被丁谓排挤后，丁谓成了北宋朝廷单手遮天的人物，他恃势恣横，为所欲为，一时朝臣为之侧目。当时京城流传民谣“欲得天下宁，当拔眼中钉；欲得天下好，莫如召寇老”。讽刺丁谓当道弄权，向往正直之臣寇准返都执政。

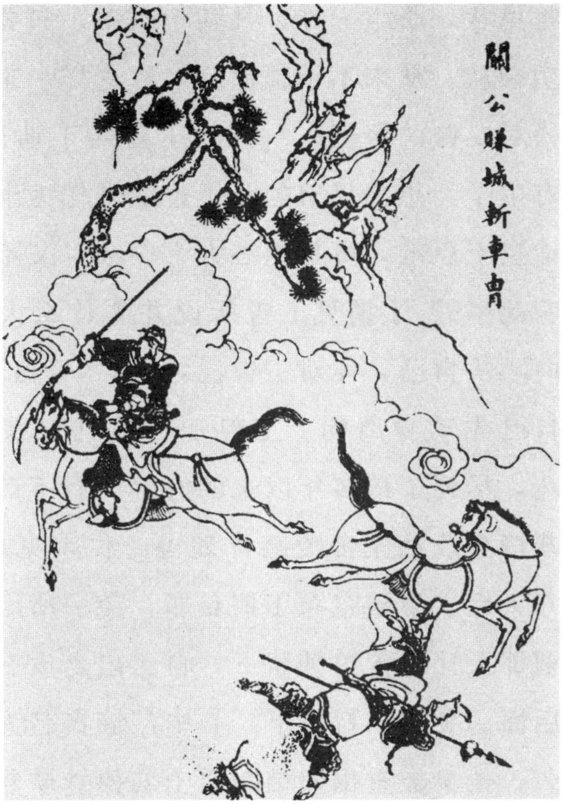

关公赚城斩车胄

乾兴元年（公元1022年）二月，真宗病逝，仁宗赵祯即位。此时王曾拜为宰相，他对丁谓的揽政专权极为不满，一直想方设法除去丁谓，但丁谓为事机敏，清楚自己坏事做尽，朝臣心中不服，所以极力限制朝臣与皇帝接近，担心有人乘机参劾自己。当时朝中不少直臣，也想谋除丁谓，苦于丁谓不准朝官单独留在皇上身侧奏事的限制，只能无可奈何地远离丁谓，难以有所动作。王曾见状，心生一计，凡朝中政事，只要丁谓所说，一切顺从，从来不予顶撞反对。这样一来，丁谓逐渐放松对王曾的警惕。一天，王曾对丁谓说："我自己没有生子，想把兄弟的儿子过继来作为继承人，此事想请皇上恩准，可是担心大人误会，又不敢单独留下奏明此事。"丁谓见王曾所说并非什么大事，而王曾一向顺从自己，便对王曾说："你尽管留下无妨。"说完自己先动身离朝。王曾于是独见仁宗，呈上一份奏疏，尽列丁谓多年以来的奸事。有丁谓伙同内侍雷见恭擅自改动先帝陵墓计划等。仁宗见疏，甚为吃惊，几天后，下诏宣布丁谓获罪，免去所居宰相之职。丁谓那天让王曾单独留下，自己出走没有多远，就十分后悔。免职诏旨一下，心中甚恼自己大意失荆州。不久，他又被查出勾结女道士刘德妙欺君罔上，语涉妖邪。结果数罪并罚，被仁宗贬到崖州，也做了一个司户参军。王于贬所途中经过雷州寇准贬地，寇准把欲杀丁谓的家仆关在府内，不准外出，又派人特意送蒸羊一只，借此暗示自己坦白胸襟，丁谓见状，赶紧离道逃到崖州，直到英宗明道年间，才离开贬地。

从以上事实我们可以看出，丁谓靠迎奉起家，以攻倒寇准，慢慢爬上了真宗的宰相职位，成为真宗末期、仁宗初年的独揽专权的权臣，面对这样一个强大政治对手，如何与之对抗，且要把他去除，确是一件难事。王曾用心良苦，施以暗渡陈仓之计。作为同任宰相之职的大臣，从长计议，甚至做出忠直之士不耻的行动，先是事事顺从丁谓，以公开的假象迷惑住他。当下定决心参劾丁谓时，又明白告诉他是为自己过继儿子一事须奏明皇帝，害怕丁大人误会，特此提出请求，如此温顺的语言，终于一时欺骗了本来谋事机敏的丁谓，为参劾丁谓明铺下“栈道”，借此掩护，终于能单独面奏仁宗，把丁谓的丑行如实汇报于上。这时的丁谓，已是俎上之肉，要后悔已是来不及了，那大宋皇帝当然难容威胁自己统治地位的权臣当道，数罪并罚，丁谓也只好做一个小小崖州司户参军了。

刘铭传巧计赴台湾

公元 1883 年（光绪九年），法国强迫越南签订《顺化条约》，把越南变成法国的保护国。这年 12 月，法军向中国军队发起了进攻。第二年 6 月，法国任命海军中将孤拔为总司令，海军少将利士比为副司令，率领舰队侵入南中国海；并占领台湾，以台湾作为侵略中国大陆的根据地。中国政府为了保卫台湾，任命老将刘铭传去守卫台湾。

刘铭传是安徽合肥人，因他小时出过天花，脸上有麻子，又因他排行第六，所以人们又叫他刘六麻子。刘铭传原是一个提督，只因得罪了朝内大官，在家闲居了 13 年，这时已快 50 岁了。

刘铭传到了天津，总督李鸿章原是他的顶头上司，劝他不要到台湾去，台湾是个孤岛，去后同法国有一场恶战，弄不好会身败名裂，劝刘铭传就在天津帮他管北洋军务。刘铭传是位爱国将领，他决心要到台湾去守卫。

但是，法国舰队司令孤拔听说中国政府调老将刘铭传去保卫台湾，知道他智勇双全，不好对付，就想了条毒计，叫法国驻中国公使巴德诺探听刘铭传动身到台湾的日期。等刘铭传一上船，就用炮舰在海上将刘铭传的坐船击沉。刘铭传接到了这个情报后，十分焦急：驻在台湾的军队在等他去指挥打仗，敌人的军舰却准备在海上拦击他，而中国海军当时又比不上法国舰队强大，这怎么办？

刘铭传想来想去，终于想出了一条妙计。

公元 1884 年 7 月 12 日，刘铭传到了上海。当时两江曾总督正在同法国公使巴德诺进行外交谈判，刘铭传到上海后不提到台湾的事，却以曾总督谈判副手的名义坐到了谈判桌上来了。

当时，中法两国一边打仗，一边谈判。战场上枪对枪，炮对炮，拼个你死我活；而谈判桌上仍然双方客客气气，以礼相待。巴德诺见刘铭传到了上海，就有礼貌地专程到刘铭传住处来拜访，并探问他哪天动身去台湾。

刘铭传假装愁眉苦脸，忧心忡忡他说：

“台湾是个孤岛，那里困难很多。我已经离开部队 13 年，对军队生活兴趣不大了。这次奉命到台湾去，也是君命难违，只好勉强去应付一下。现在许多准备工作都没做好，我一个跑到那个孤岛上去干什么？我若去，起码也要等大批护卫战船调齐，并等那艘主舰修好才能走。目前，我先陪你在谈判桌上打打交道再说。”

巴德诺听了刘铭传这些话，再看看刘铭传住处那些勤务人员，一个个懒懒散散，全无一点紧迫气氛，也就相信他短期内真的不会动身。说了几句，就辞谢出来了。

7 月 14 日，上海一带狂风暴雨，电闪雷鸣。巴德诺见天气这样恶劣，加上派密探打探得刘铭传的大批战船还没调齐，主舰也未修好，就断定他决不会动身。

谁知，正是在这个狂风暴雨的晚上，刘铭传脱去官服，化妆成老百姓，先乘一只小舢板，冒着大风雨，七弯八绕，登上了一艘军舰。这艘军舰早已升火待发，刘铭传一上船立即全速往台湾驶去。

两天后，双方谈判，巴德诺在谈判桌上没见刘铭传露面，产生了怀疑，派人打听，才知刘铭传早在两天前就离开了上海，惊呼："中计了！中计了！"急忙拍电报给孤拔。孤拔接到电报，忙派兵舰去追。赶到台湾基隆海口，刘铭传早已在台湾登岸两个小时了。

刘铭传到台湾后，积极布防，多次打败法国军队进攻，直到战争结束，法国侵略军也没能攻下台湾。战争结束后，台湾建省，刘铭传当了台湾第一任巡抚（相当省长），积极建设台湾，给台湾人民办了不少好事。

肃顺暗渡陈仓智救左宗棠

左宗棠是清代历史著名的人物，他中举之后，一直没有做官，后来到湖南巡抚骆秉章身边当幕僚，总揽大权有6年之久。

清代官场，官员们一般由幕僚处理事务，这是官场的习惯，但又规定幕僚不可把持政务，若把持政务，可以就地正法。

湖广总督官文，与骆秉章不和，矛盾很深，一直伺机报复，恰好永州镇樊燮控告左宗棠把持政务，告到都察院后，官文就把此事报告给了朝廷。

不久，皇上传下旨意，要官文查办，如情况属实，可就地正法。

翰林院的编修郭嵩焘在朝廷任职，消息灵通，他是左宗棠的同乡好友，为了救左宗棠他就找到王闿运，王与正受宠的权臣肃顺关系很密切。

王闿运见肃顺，要肃顺为左宗棠说情，肃顺是官场老手，他知道说情不能没有依据，就要王找人先保荐左宗棠，有人保荐，他就可以趁机说情。

保荐的人好找，不久，京官潘祖荫、湖北巡抚胡林翼就写了保荐书。胡在《敬举贤才力图补救疏》中称左宗棠“才可大用”还说：“名满天下，谤亦随之。”

咸丰帝一方面得到控告书，一方面又得到保荐书，心中疑惑，就问肃顺，肃顺就趁机说左宗棠有大才、在骆秉章处工作，出谋划策，很有成效，骆的功劳都是在左的帮助下建立的，现在正是天下有事，用人之时，要咸丰帝爱惜人才。又建议把官员们的保荐书抄录给官文，请他酌情办理。

咸丰帝同意了他的意见。

官文接到皇上密旨，知道皇上有意启用左宗棠，也就不便再查办左宗棠了。”

不久，在曾国藩的保荐下，左宗棠出任兵部郎中，四品京堂候补襄办军务。

左宗棠有了正式官衔。

蔡松坡离京讨袁

蔡锷，字松坡，是民国初年著名的讨袁将领。1911 年辛亥革命时，他在云南举兵响应，被推为云南省都督。袁世凯篡权后对蔡锷很不放心，于是把他调往北京，表面上委于虚职，实际上把他软禁了起来。

袁曹各起马步三军

蔡锷身在曹营心在汉，他对袁世凯的独裁活动特别是复辟帝制的阴谋十分气愤，决计起兵倒袁。但是，当时袁世凯派出大量爪牙对他严加监视，蔡锷的一举一动都受到严格控制。

为了消除袁世凯对自己的怀疑，蔡锷首先把自己打扮成不同政治的游手好闲之徒。据说，他为了避嫌，整日出没于窑场、酒吧，并与小风仙打得火热。

袁世凯了解到蔡锷整日昏然游荡，对国家大事莫不关心，起初还存有戒心。久而久之，就渐渐不把蔡锷放在心上了。他派出的监视人员也渐渐失去了警觉，思想懈怠了。

蔡锷通过这种手段瞒过了袁世凯及其耳目，暗中却加紧讨袁的筹划和准备。1915 年初，日本提出灭亡中国的“二十一条”，袁表示同意并与日本相勾结加紧实行复辟帝制计划，蔡锷受到了极大的震动，举国为之愤怒。蔡锷决心趁机离京讨袁。

不久，蔡锷向袁世凯提出赴日本治病的请求。袁世凯一方面从思想上放松了对蔡锷的警戒；另一方面，见蔡锷提出要离国东渡，于是对他没加任何怀疑。

蔡锷离京后到了天津，与梁启超详细商讨了讨袁护国行动。为了掩人耳目，蔡锷离津后乘船到了日本，又从日本取道香港转向河内。1915 年 12 月 19 日辗转抵达昆明。

蔡锷一到，云南反袁势力群龙有首，群情激昂。蔡锷当即发布誓言：“与其屈膝而生，毋宁断头而死!”接着发动了具有重大历史意义的讨袁护国战争。

云南一起，贵州、广西、广东、浙江、湖南等许多省地揭竿响应。当袁世凯真正弄清蔡锷的真实意图时，自己已陷入众叛亲离，无法收拾的地步。1916 年 3 月 22 日他不得不宣布取消帝制，接着一病不起，6 月 6 日，在全国人民声讨中忧惧而死。

安东尼的“暗渡陈仓”之计

公元前 44 年，凯撒被刺身亡以后，罗马执政官安东尼、凯撒指定继承人屋大维（凯撒的侄孙）、军事长官雷比达三人结盟，号称罗马“后三雄”。公元前 42 年，屋大维和安东尼在打击罗马贵族以后，转而决定对付杀死凯撒的布雷多和庞培的儿子绥克斯都。聚集在希腊的庞培派代表布雷多，共有步兵 19 个军团，约 8 万人，另有骑兵 2 万人，得知安东尼要进入小亚细亚时，率军通过色雷斯森林，先敌到达菲利比城（今希腊萨洛尼卡东面），占领了有利地形。

安东尼率军赶到菲利比时，见布雷多早已有备，便就地扎营，准备大战。但布雷多拒绝接受交战，他知道，就总兵力而言，双方都是19个军团，安东尼的军队是罗马的精锐，而他自己的部队则残缺不全。成份较杂且不可靠，交战就意味着失败。但是，马其顿资源贫乏，难以支持安东尼的大军补给，自己有强大的海军控制着海上运输线，保障供给。因此，避免决战，拖延战争，用饥饿战胜安东尼，是布雷多的一计。

安东尼发现敌人的企图以后，决定速战速决，强迫布雷多起而应战。他的计策是：遣兵秘密通过布雷多认为不能通过的沼泽地，绕到敌人的后方，切断敌人的粮道，逼敌应战，为了保证这个计策的实现，他每天都把部队展开，竖起军旗，摆出一付挑战的样子。暗中派兵夜以继日地在沼泽地开辟通路，割下芦苇，铺成栈道。

当布雷多在一个偶然的机会发现这项工程时，大吃一惊，慌忙采取措施，但安东尼已率领一部分军队顺利通过沼泽地，逼近敌人侧后。安东尼的突然出现，使布雷多的后队措手不及，组织修工事的喀西约，率队前来阻击，被安东尼击溃，营地失守，士兵无心再战，各自逃身。战败的喀西约逃到菲利比城，绝望中自杀身亡，安东尼获胜。

安东尼的“暗渡陈仓”之计，打破了两军僵持的局面，除掉了布雷多的一位坚强勇敢的将领喀西约，为后来的决战创造了有利条件。

伊凡四世的“暗渡陈仓”之计

由于喀山汗国多次入侵沙俄，一直是俄国的威胁。伊凡四世继承皇位后，军事力量迅速膨胀，沙皇企图乘喀山汗国政局混乱，征服喀山，消去隐患。1552年6月，伊凡四世亲率俄军出征喀山，40天后俄军已集结于喀山城下。

喀山城地理位置险要，位于陡峭的高山下，山下又有河流和湖泊，有坚固的护城墙，易守难攻。守军4万多人退守喀山城。面对这种情况，沙皇认为虽然俄军在兵力上占有优势，但强攻很难奏效。时间一长，俄军粮弹贫乏，将会无功而返。因此，伊凡四世决定用计破城池。

按伊凡四世的攻城策略，他在城边架设重炮轰击城墙，在城墙正面挖沟掘壕，让俄军伏于其中，不断向城里发起攻击。还采取一些其他的攻城措施，夜以继日的攻城，使城上的守军不得安宁。一连攻城40

天，俄军毫无进展，喀山军以为俄军不久将退去。岂知，这正是伊凡四世的暗渡陈仓计。俄军明里在攻城，暗里却偷偷在喀山城下挖掘地洞，一直延伸到城墙下。在城墙下埋设火药，准备爆破城墙，使喀山城失去屏障，从而一举攻陷。俄军准备就绪，要求喀山守军献城投降，可喀山军拒不投降。10 月 12 日，俄军开始总攻。拂晓时分，俄军埋设的炸药爆炸，连续不断巨响过后，喀山城四周城墙多处炸毁，大批俄军蜂拥而入。最后喀山军寡不敌众，全部在城内战死。俄军顺利攻取喀山。

马尔博罗暗渡陈仓击败法军

西班牙王位继承战争进行到 1711 年，交战双方都已精疲力尽，但由于双方对和谈的条件不能达成一致，战争在短暂的休隔之后再次爆发。

法国国王路易十四命维拉尔统帅 12 万大军迎战联盟军队。这年冬天，维拉尔从海边经阿拉斯要塞和布香要塞到桑布尔河畔的莫伯日修筑了一条由许多工事和洪水组成的复杂防线，并称之为“铜墙铁壁”。他本人在他的机动部队前面诱敌进攻。这时马尔博罗手下只有 9 万人马，他想突破这条坚固的防线，摧毁法国的军事力量，但强攻的兵力显然不足。于是，他使用了一个巧妙的战术，首先通过狡诈的手段和战略措施迷惑敌人，使维拉尔确信他要在阿拉斯以南发动正面进攻。

马尔博罗甚至对盟国军队的官兵们也隐瞒了真正的战略意图。因此，当两军对垒，摆开厮杀阵势时，盟国的将军们意志消沉。他们认为，马尔博罗的决定将使他们受到敌人的无情杀戮。8 月 4 日，马尔博罗带着大批军官到前线观察地形。他标出要配备大炮的地方，用手指着他选择的法军阵地突破点。军官们觉得他对战斗计划谈得如此露骨是很不理智的，只是因为他享有崇高的威望，军官们才不敢直言抗议。当天晚上，维拉尔满怀希望，把所有的机动部队和大炮都调到马尔博罗预定的突破点，但是，谁也没有料到马尔博罗已在靠近前线的地方悄悄地调动部队。夜幕降临后，马尔博罗密令全军向左运动，他们越过维米里奇到阿拉斯之间地区，于 5 日清晨到达维特里附近。直到这时，马尔博罗才派他的副官和参谋到队伍中向各团官兵解释他的意图和目前的形势，并要求部队急行军，赶在法国人前面渡过桑塞厄河。英军很快穿越法军的防线，在敌人的后面筑起了阵地。这时维拉尔的队伍零散地赶来，但无力发动进攻。马尔博罗虽然处于以逸待劳的优势，但他还是不愿进攻，而是迅速挥军向左前进，渡过斯凯尔特河，将布香要塞团团围住。

维拉尔为了解救布香，不顾一切地发动猛攻。马尔博罗在布香周围修筑了一道壁垒，狙击援军。这时正是他等待的战斗时机，因此，他全力以赴地亲自指挥围城和打援两场战斗，不分昼夜地在迷宫般的工事里走来走去。在马尔博罗轰击布香的时候，维拉尔也在轰击他。这是在包围圈内进行的包围战。围战者时刻可能同外面的敌人发生敌众我寡的战斗，也随时有遭受内外夹击的危险。但是，这次围城最能反映马尔博罗军事艺术的地方，就是他能避害趋利，巧妙地捕捉战机，把围城和打援结合得恰到好处，最后，成功地迫使布香城守军在9月初缴械投降，同时也在打援中消耗了维拉尔的有生力量。因此，后人认为，马尔博罗突破“铜墙铁壁”防线以及包围并攻克布香要塞是军事艺术的杰作。

圣马丁暗渡陈仓跨越安第斯山

何塞·德·圣马丁（1778—1850年），是拉丁美洲独立战争时期杰出的军事将领。

1810年，阿根廷爆发了“五月革命”，推翻了西班牙殖民统治，成立了土生白人独立派组成的临时政府。西班牙殖民者不甘心失败，盘踞在秘鲁的西班牙殖民军勾结阿根廷保王派势力，向临时政府所在地——布宜诺斯艾利斯进犯。1812年，圣马丁从西班牙回到阿根廷，投入保卫阿根廷独立的斗争。20多年的军人生涯，使圣马丁不仅有丰富的军事知识，杰出的指挥才能，而且具有远大的抱负和战略眼光。他分析了南美洲的革命形势，认为只有在拉丁美洲彻底击败西班牙势力，特别是要彻底摧毁西班牙在秘鲁的军事堡垒，阿

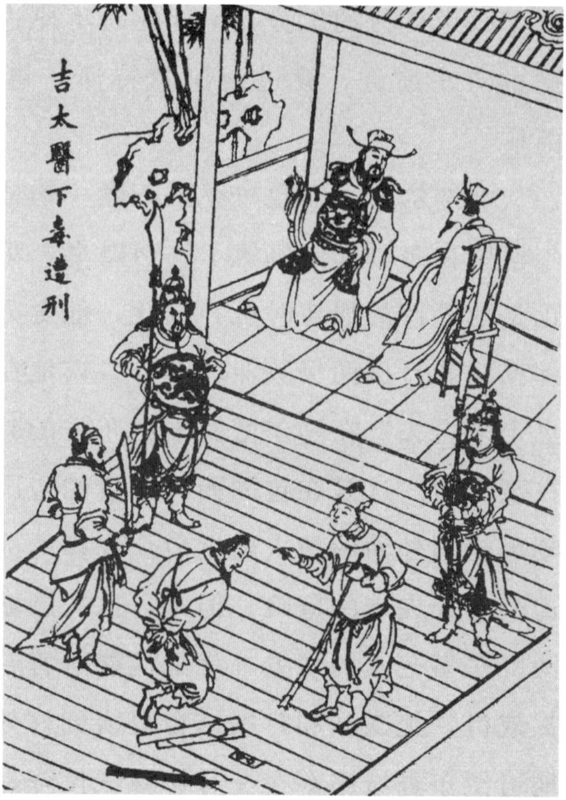

吉太医下毒遭刑

根廷的革命才能得到彻底胜利，独立才能得到保证。当时，秘鲁和阿根廷是两个对立的势力，秘鲁还在西班牙殖民者控制之下，阿根廷则是接受革命思想的中心。经过周密的思考，圣马丁精心制定了一个大陆战略计划。他准备在与智利交界的库约省建立一支人数不多但训练有素的正规军，先翻越安第斯山，出其不意，解放智利，然后取道海路进攻秘鲁，将西班牙势力彻底打垮，推翻殖民统治。

为了实现这一雄伟计划，圣马丁辞去了他当时担任的北方军总司令的职务，而前往库约省担任了军政长官，着手组建安第斯山远征军。巍峨险峻的安第斯山，从南到北纵贯南美大陆，长达 8900 公里，素有“美洲大陆脊梁”之称。山脉平均海拔 3000 多米，靠近库约省的阿空加瓜山高达 6900 多米。整个山脉只有几条蜿蜒曲折的羊肠小道通向山峰上的隘口，翻越这样一座高山无疑将会遇到说不尽的艰难险阻。因此，圣马丁以其全部知识和精力用来组建这支即将担当重任的职业军队。经过两年多的艰苦努力，圣马丁终于成功地建立了一支 4000 多人的训练有素的“安第斯山军”。

1817 年 1 月，一切军事准备工作就绪。圣马丁亲自率领这支军队，携带大批骡马和装备，开始翻越安第斯山，向智利进军。圣马丁首先派一支人数不多但很精干的队伍从地势稍平缓的拉普拉塔隘口过山，以引开敌人主力；而安第斯山军的主力则直奔安第斯山终年积雪的两个最险要的隘口，以避开敌人，出其不意地进入智利。在翻越安第斯山时，有些战士得了高山病，部队备受高山严寒和缺水之苦。骡马死亡过半。但部队坚韧不拔，一往无前，经过 20 多天的艰难跋涉，终于在预定时间成功地翻过了安第斯山，抵达智利境内。

圣马丁率领安第斯山军这次奇迹般的进军，被誉为“军事史上最惊险和光辉的长征之一。”在战略上，这次进军收到了出奇制胜的效果。智利的殖民军听说圣马丁的军队已从安第斯山多路进入智利，皆胆战心惊。他们急急忙忙企图在圣地亚哥附近阻止安第斯山军，但为时已晚。在首都盆地北部的恰卡布科，临时拼凑起来的一支 1500 多人的殖民军，在几小时内就被圣马丁的军队所包围歼灭。安第斯山军胜利进入智利首都圣地亚哥。阿根廷爱国军从此有了在太平洋上从事军事活动的根据地，为日后解放秘鲁创造了条件，拉丁美洲独立战争从防御转入了进攻。

拿破仑暗渡陈仓奇袭奥地利

1800 年 5——6 月，拿破仑亲率法国预备军团，第二次出征意大利北部，同占领这一地区的奥地利军队进行了又一次大规模作战。当拿破仑冒险翻过阿尔卑斯山四个险道中的第一险道——圣伯纳德山口，于 5 月底进入皮埃蒙特平原，突然出现在奥军后方时，奥军统帅梅拉斯才如梦初醒。因为，梅拉斯本人和他的情报机构都一直认为，法国的预备军团不过是一支只有几千人的杂牌部队。

转眼之间，“几千人的杂牌部队”何以变成了越过天险、攻势如潮的数万大军呢？难道拿破仑果真会变戏法吗？其实，如果硬要说这是令奥军难以置信的变戏法，那么这种“变戏法”就是“以泄露秘密的手段来保守核心秘密”。

1799 年“雾月政变”以后，拿破仑在几乎不曾遭到严重反抗的情况下，轻而易举地夺得了法国的最高权力。为了确立和巩固自己的独裁统治，他采取了一系列重大的政治、经济和军事措施。恰在此时，第二次反法联盟各国的军队，以俄奥军队为主，英国以钱代兵，正从不同方向同时威胁着法国本土的安全。

其中，用苏沃洛夫的话说："俄国的刺刀穿透了阿尔卑斯山"，奥地利军队重新占领了意大利北部，这不仅使得拿破仑曾在意大利之战中所取得的胜利前功尽弃，而且对法国本土构成了极大的威胁。

拿破仑执政不久，考虑到俄国这时已经退出反法联盟，遂于 1800 年郑重地向奥英两国发出和平呼吁，希望通过外交谈判解决彼此的争端，以便利用它们的矛盾，争取时间以做好抗敌的准备。奥英两国几乎同时拒绝了拿破仑的和平建议，拿破仑不得不在整顿国内秩序、镇压国内叛乱分子的同时，加紧扩军备战。

拿破仑扩军的直接目的是要在意大利战场打败奥军，夺回原有领地。从当时情况看，盘踞在意大利战场的奥军已有 10 万之众，而法国名将马塞纳指挥的法军意大利军团，仅有 3 万人的兵力，且已退守到热那亚至萨沃纳的一隅之地，加上驻防皮埃蒙特西部各山口的法国守军也只有不足一万人的兵力。这就意味着法军在意大利战场所处的态势已经十分严峻。此外，在莱茵战场，法军对于奥军也无兵力优势可言。综合权衡，拿破仑清楚地意识到，要想在意大利战场打败奥军，法国必须及早投入新的强大的军团，可是，现有的国外驻军全部担负着以劣对优、以少敌多的艰巨的作战任务，无力向意大利战场机动、集结足够的兵力。

为了及早解决粉碎意大利战场奥军主力与法军现有兵力不足这一突出矛盾，拿破仑于1800年1月25日给法国军政大臣贝尔蒂埃下达手谕，责成他秘密地组成一个预备军团，并首次创造性地提出在军团与师的编制之间设立军一级单位，该军团下辖3个军，每个军编2个师，共6万人。新组建的预备军团，在第戎地区集结，由第一执政即拿破仑亲自指挥。为了保障所需的兵力来源，拿破仑不仅下令召回一些退役老兵重新入伍，而且决定提前征召新兵参战。在组建过程中，根据法国新宪法的规定，预备军团的司令暂由军政大臣兼任，投入作战时再把指挥权交给拿破仑。

拿破仑精心策划并直接监督着预备军团的组建和训练。在这支6万人的预备军团初具规模后，尽管已经采取了许多严格的保密措施，但英奥等国的间谍还是发现了某些蛛丝马迹，并把法国正在组建预备军团的消息公之于众。对此，拿破仑意识到，一方面，要对预备军团的组建和训练绝对保密已无法办到；另一方面，从公开的消息又可看出英奥间谍探知到的情报也存在很大“水份”。在这种情况下，如果公开“辟谣”，难免欲盖弥彰，倒不如顺水推舟，设法造成对方的错觉。因此，拿破仑断然决定，不仅由军正大臣亲自把组建预备军团的消息再次公诸于众，而且把预备军团的编制、实力经过加工之后泄露出去。1800年4月，拿破仑又在巴黎正式宣布：法国已经组建了一支预备军团，现在正在第戎地区集结，他将亲自前往检阅这支新的生力军。与此同时，拿破仑又将该预备军团的主力秘密转移到便于荫蔽的新的集结地，第戎地区只是保留少量部队，专供间谍“刺探”。

为了达到预期的目的，拿破仑不断地采取针对性很强的欺骗措施，以至在政府《通报》上登载“要闻”，在报刊上编发消息，公开承认并大肆宣扬预备军团的存在。这样一来，引得大批间谍从欧洲各地赶到了第戎。他们虽然“证实”了法国组建预备军团的事实，但却没有发现值得一提的正规军，除了刚刚招募来的、连军事常识都不具备的新兵，而且尽是一些不堪一击的老弱残兵。至于那些所谓的军、师司令部，更多的倒像是老人国的自由市场，编制不满，装备不齐，多为“胡子兵”，未经训练，军纪松懈，毫无战斗力可言。总之，这是一支根本不值得重视的预备兵团。

拿破仑言必行，行必果，如期赶到了第戎检阅他的预备军团。检阅刚刚结束，消息不胫而走，很快传到了维也纳、伦敦及第二次反法联盟各国军队的司令部及其高级将领。拿破仑的预备军团随之成为国内外绅士们的谈资笑料。与此同时，拿破仑又令法军谍报人员对此推波逐澜：有的贴出讽刺画，画面是12个童子军和一个装有木腿的残疾人，下面的标题是醒目的“拿破仑的预备军团”；有的则散发传单，专门披露拿破仑在组建和训练预备军团时的一些可笑的故事。这样，许多本无敌意的人们也不得不认为，拿破仑的预备军团是别有用心地编造出来的，是为了牵制奥地利人，慑止奥军进攻法国本土的一个圈套。尤为难能可贵的是，正在意大利战场的奥军统帅梅拉斯也一再强调：“用来威胁我们的预备军团只不过是一群乌合之众”。拿破仑的这种闹剧说明“法国人把我们看得太简单了”。随后，梅拉斯决心调兵南下，在意大利北部对马塞纳指挥的法军发起了进攻。与此同时，拿破仑真正的强大预备军团已经在法国南部做好了进军意大利的作战准备。也正是这支由拿破仑亲自指挥的预备军团，在1800年6月进行的马伦戈决战中击败了梅拉斯，并将奥军赶出了意大利北部，奥军被迫求和，进而最后结束了第二次反法联盟中的法奥战争，并使此次反法联盟趋于彻底瓦解。

拿破仑原本是想在极端保密的情况下组建和训练预备军团；在客观情况所迫，无法继续保密的情况下，又果断地部分泄密，同时仍然严格保守核心秘密——偷梁换柱，将预备军团的主力秘密转移。在这里，与通常的隐真示假有所不同的是隐真又示真，同时又示假。为了有效隐蔽决不容泄露的真情，在不得已的情况下索性巧妙地泄露无关紧要的真情。其结果，真真假假，真假难辨，反倒更为有效地迷惑了敌人。

巧解“疑团”

第二次世界大战太平洋战场中，美军一个破译小组经常在日本人的无线电报中发现“AF”字样的符号，统帅部推测“AF”可能是指中途岛。在证实这一推测过程中，美破译小组采用了“暗渡陈仓”的方法：他们用明语拍发了一份“中途岛缺水”的假电报，不久果然仍截获的日本电报中发现了一份“‘AF’可能缺少淡水”，从而证实了统帅部的推测。此举在后来爆发的中途岛海战中，为美军获取准确的情报立下大功。